Jove Viller

Heiße Küsse - Kalte Füße

Ein Krimi aus Wien

Umschlaggestaltung: Buchschmiede
Coverfoto: Jove Viller
Lektorat / Korrektorat: Ilona Wenger

Druck und Vertrieb im Auftrag der Autorin/des Autors
Buchschmiede von Dataform Media GmbH
Julius-Raab-Straße 8
2203 Großebersdorf
Österreich

www.buchschmiede.at - Folge deinem Buchgefühl!
Kontaktadresse nach EU-Produktsicherheitsverordnung:
info@buchschmiede.at

ISBN:
978-3-99181-440-5 (Paperback)
978-3-99181-441-2 (E-Book)

PROLOG

Minutenlang sitzt sie regungslos da, den Blick starr ins Leere gerichtet. Vor sich hat sie das vierte bis siebte Glas von irgendwas stehen. Klar, scharf, schwer. Könnte man ihre Gedanken lesen oder in ihren Kopf sehen, würde man schwindlig werden in dem wirren Karussell. Es ist nichts mehr übrig von der selbstsicheren Person, die sie einmal war. Ein Häufchen Elend, das sich noch einmal aufzurichten versucht, es aber nicht mehr schafft. Zu viel ist in letzter Zeit passiert.

Noch einen Schluck, ... und noch einen. Der Griff nach dem Glas wird immer wackeliger. Laute Stimmen in ihrem Schädel machen sich bemerkbar: *‚Das hast du nun davon! Jetzt ist es aus. Nichts geht mehr! Du kannst ihn nicht zurückholen.‘* Sie weiß, dass sie vieles hätte anders machen sollen. *‚Auch wenn du die ganze Flasche leerst, wird kein Wunder mehr geschehen! Geh! Solange du noch kannst. ... bevor du sternhagelvoll auf dem Boden liegst und sie dich nachher aufsammeln und ausfragen wie eine Verrückte! Das hast du nicht notwendig! Bring es einfach zu Ende!‘*

Sie hievt sich mit letzter Kraft aus ihrem Sessel und schlurft in Richtung Bad. Sie sieht schon lange nicht mehr klar und schwankt so sehr, dass sie hart gegen den Wohnzimmerschrank stößt und hinfällt. Die Familienfotos, die da in einem Regal stehen, fallen zu Boden, ebenso die kleinen bunten Gipsfiguren, die einmal ihre Lieblingsgeschenke waren. Rahmen,

Glas und Gips brechen in tausend Teile. Sie rappelt sich hoch, kommt aber nur bis zur Badezimmertür, wo ihre Füße den Dienst versagen. Die Stimmen feuern sie an: *‚Los, mach schon! Nur noch ein kleines Stück! Dann hast du Ruhe! Dann bist du bei ihm! Jetzt noch nicht aufgeben!‘*

Irgendwie schafft sie es, die Klingen für den Ceranfeldschaber aus der Schublade zu fischen und eine herauszuziehen. *‚Ja, besser als ein Messer‘,* meldet sich die Stimme, die sie nur mehr verschwommen wahrnimmt. Dann lässt sie sich schwer in die Wanne fallen. Die Kraft, sich auszuziehen, hat sie nicht mehr. Es gelingt ihr gerade noch, den Wasserhahn aufzudrehen. Das warme Nass überflutet ihren Körper. „Jetzt ist es gut“, lallt sie kaum vernehmbar in sich hinein, „jetzt kann ich gehen. Jetzt komm‘ ich zu dir, Liebster!“

1.

‚Hoffentlich kommt sie bald‘, denkt Gerhard, als er in der lichtdurchfluteten Wohnung am Wienerberg auf die Kundin wartet. Sie hatte am Telefon sehr interessiert geklungen und die wunderbaren Fotos des Exposés gelobt. *‚Wenn die Wohnung auch nur a bissl so ausschaut wie auf ihren Fotos, könnt‘ i mir's vorstell'n‘*, hatte sie am Telefon gesäuselt. Nervös geht er in der top-renovierten Wohnung hin und her und denkt darüber nach, wieviel Rabatt er wohl geben soll, wenn sie über den Preis verhandeln will. Vor einem Jahr hatte er sie für günstige 650.000 Euro ersteigert. Inseriert war sie jetzt für 990.000 Euro. Nach der Pandemie waren die Immobilienpreise wieder angezogen und so hatte er sich getraut, einen solch hohen Aufschlag zu verlangen. Das lag aber auch daran, dass seine Geschäfte noch nicht so rund wie früher liefen. Nach zwei wirklich schlechten Jahren mit Verlusten käme ein solches Schnäppchen jetzt gerade recht. Dann wäre er aus dem Gröbsten raus. Dann würde Marions ständiges Nörgeln über ihre dauernden Sparvorsätze hoffentlich aufhören. Erst letzte Woche hatte sie wieder gejammert, dass sie zum dritten Mal hintereinander keinen Urlaub machen konnten. „Erst zwei Jahre Pandemie und jetzt, wo die so gut wie vorbei ist, kriegst du mit den Verkäufen von Wohnungen immer noch nicht den Oasch hoch. Wenn i mir vorstell‘, was die Wohnung am Wienerberg uns täglich an Zinsen kostet, wird mir schlecht. Wenn'st net bald des Ding loswirst, musst‘ deinen Porsche verkaufen und kannst mit den Öffis zu den paar Terminen fahren, die du noch z‘sammbringst.“ Ihm schießen viele ihrer Streitereien der

letzten Wochen durch den Kopf, und sein Blutdruck steigt bedrohlich an. Er wird knallrot im Gesicht und trinkt einen Schluck Whisky aus seinem kleinen Flachmann, den er in letzter Zeit immer dabeihat.

Luisa Strasser, war die Einzige, die sich seit Monaten für die Wohnung interessiert hatte. Sie ist Geschäftsführerin im elterlichen Installateur-Unternehmen und sicher gewohnt, hart zu verhandeln. *‚Was mach i mit dem Preis? Wenn's net anders geht, lass ich sie ihr für 900.000. Das ist für uns immer noch ein guter Abschluss, der beste, den ich seit ewigen Zeiten gemacht hab. Dann kann ich der Bank die Zinsen zurückzahlen, die seit dem Kauf angefallen sind und es reicht auch, um eine Zeit davon zu leben.'*

Seine Gedanken schweifen ab in die Zeit vor fünf Jahren. Da ging es ihnen so gut, dass er sich einen lang gehegten Wunsch erfüllt und von heute auf morgen eine Motorjacht für 85.000 Euro gekauft hatte. Das Donaupatent hatte er schon vorher in der Tasche, und so konnte er mit Marion und den Kindern an Wochenenden oft Touren auf der Donau unternehmen. Oder, wenn es seine Zeit zuließ, allein unter der Woche. Wenn er mit Vollgas mit dem Boot los düste, das sie gemeinsam auf den Namen AMORE getauft hatten, und ihn die 220 PS der Jacht in den Fahrersitz drückten, war sein Glücksgefühl besonders hoch gewesen. Seit der Pandemie schlummerte die Jacht in der Marina und nur manchmal ging er hin, putzte und werkelte daran herum und dachte darüber nach, dass er diese Schönheit wohl auch würde verkaufen müssen, wenn er nicht bald Umsatz machte.

Sein Handy klingelt und er geht ran: „Baumgartner, was kann ich für sie tun?“ „Hallo, hier ist Strasser, ich werde mich ein paar Minuten verspäten, bitte geben Sie die Wohnung inzwischen nicht an jemand anders.“ „Alles gut, Frau Strasser, bin selbst eben erst gekommen und hatte schon befürchtet, Sie verpasst zu haben. Ich freue mich drauf, Ihnen bei diesem tollen Wetter die Wohnung zu zeigen. Bis gleich.“

‚Sie klingt wirklich heiß auf die Wohnung, ich sollte bei den Verhandlungen nicht so schnell nachgeben. Wie hat Mama immer gesagt: „Bub, was du mit Reden verdienen kannst, dafür musst du net arbeit'n.“ Also ehrlich, fünf Prozent Nachlass sollten auch genügen. Schau ma amal.‘

Gerhard hat sich extra seinen feinen dunklen Dreiteiler angezogen und war gestern noch mal beim Friseur. Mit den braunen, kurz geschnittenen Haaren und den leuchtend blauen Augen schaut er viel jünger aus als 45. Er kann sehr gut mit Kunden umgehen und ihnen schmeicheln. Das hat er beim ersten Gespräch mit Luisa Strasser auch schon bewiesen. Vielleicht ist sie deshalb auch nicht nur an der Wohnung, sondern auch an ihm interessiert. Er nimmt noch einen Schluck aus der Pulle und einen Kaugummi gegen den Geruch. Dann geht er wieder auf und ab, schaut manchmal aus dem Fenster, ob er sie irgendwo entdecken kann. Plötzlich klingelt es an der Haustür. Er geht zur Sprechanlage, drückt den Sprechknopf und sieht im Bildschirm eine blonde Frau mit zarten Gesichtszügen. „Hallo, Frau Strasser, kommen Sie doch bitte mit dem Lift in den siebzehnten Stock. Ich erwarte Sie oben.“ Dann drückt er den Türöffner. Auf dem Weg zum Aufzug denkt er: *‚Was für eine bildhübsche, blonde Dame Anfang 30!*

Ich hätte eine stämmige und eher grobschlächtige Frau Mitte 50 erwartet. Als Leiterin einer Installateurfirma muss sie mit ihren Mitarbeitern sicher oft Tacheles reden. Ich darf mich von ihrem Aussehen also nicht blenden lassen, sonst zieht sie mich über'n Tisch.'

Leise surrend öffnet sich die Aufzugstür und Luisa Strasser kommt ihm forsch mit ausgestreckter Hand entgegen: „Grüß Gott, Herr Baumgartner, bitte nochmals um Entschuldigung. Wir hatten einen Notfall. Bei einem Kunden stand die Wohnung nach einem Rohrbruch unter Wasser, da musste ich mich dringend selbst drum kümmern und die richtigen Leut' hinschicken." „Kein Problem, Frau Strasser. Hoffentlich konnten Sie dem Kunden schnell helfen. Aber jetzt kommen Sie doch erst mal herein." Er geleitet sie zur Wohnung, schließt auf, öffnet mit einem eleganten Schwung die Tür und bittet sie hineinzugehen. „Geradeaus bitte, da geht's ins Wohnzimmer." Sie schreitet schnurstracks hindurch in den hellen Raum und bleibt vor den großen Fenstern nach Südwesten stehen. „Wahnsinn, da hat ma' ja einen Superblick auf die ganze Stadt. Kann i mal auf den Balkon rausgeh'n?" „Na sicher, warten's i mach die Tür auf, die ist schwer." Gerhard öffnet die große Schiebetür und sie treten hinaus. Luisas Augen leuchten und sie schaut in alle Richtungen. „Wenn Sie hier abends mit einem Sundowner sitzen, ist der Blick noch schöner", sagt Gerhard. Sie gehen wieder hinein und schauen gemeinsam die übrigen Zimmer an. Bei der hochmodern eingerichteten Küche findet Luisa: „Da könnt i ja in Toni Mörwald zum Kochen einladen. Was Besseres als die Kuch'l hat der sicher a net. Schad, dass i net gut kochen kann. I wer' wohl meist a Pizza in die Mikro schieb'n. Aber mit der Kuch'l lohnt es sich, dass i mal an Kurs mach'."

„Wo wohnen Sie denn jetzt", fragt Gerhard grinsend. „No' bei meine Eltern, da ist auch die Firma mit am Gelände. Aber es wird Zeit, dass i da wegkumm. Es is ja guat, dass mei Vater mir im Betrieb hüft, aber 24 Stund' is' ma inzwischen zu vü'." „Das versteh ich gut, liebe Frau Strasser, und hier haben Sie den nötigen Abstand und Ruhe. Außerdem ist Platz genug für eine kleine Familie." „I hab ka Familie, aber ma waß ja net, was no kummt", antwortet sie lächelnd und sehr prompt.

Sie gehen noch einmal herum, Luisa stellt sich vor, wie sie die einzelnen Räume einrichten möchte. Im Schlafzimmer schwärmt sie von einem zwei Meter großen Bett. „Des is scho lang mei' Traum, denn z'haus schlaf i immer noch in meinem Mädchenzimmer." Gerhard denkt: ‚*So eine zwei Quadratmeter große Spielfläche könnte man sich gut mit ihr teilen ...*' Ganz in Gedanken fragt er: „Ich sehe, die Wohnung gefällt Ihnen sehr. Wollen wir unten im Café was trinken und alles Weitere besprechen?"

Gerhard bestellt eine Melange für Luisa und einen Verlängerten für sich, dann fragt er: „Wenn ich Sie richtig verstanden hab, könnten Sie ziemlich schnell umziehen, oder?" „Ja, i möcht' am liebsten morgen ei'ziagn, aber des wird net geh', weil i ja neue Möbel brauch. Aber vorher muss i noch mit meine' Eltern red'n. Mei Vater hat mehr Ahnung von Immobilien wia i." „Wollen Sie noch mal mit ihm oder auch mit Ihrer Mutter herkommen? Dann haben beide einen besseren Eindruck als vom Exposé?" „Ja, des is a guate Idee. Warten's, i ruf schnell z'haus au." Sie nimmt ihr Handy und schon brabbelt und schwärmt sie von der Wohnung hinein. Ihr Vater kann kaum ein Wort sagen. Nach gefühlten fünf Minuten fragt sie: „Herr Baumgartner, könn‘ ma heut Nachmittag no‘ amal die Wohnung anschau‘n?“ Gerhard zückt sein Telefon, öffnet den Kalender und sieht die gähnende Leere am Nachmittag. Er macht ein bedenkliches Gesicht und antwortet: „Ja, um 15 Uhr kommt ein anderer Interessent, gleich im Anschluss, also sagen wir um 16:30 Uhr könnten wir uns wieder hier treffen. Kommen Ihre Eltern dann mit?“ „Papa, hast g’hört? Halber fünfe heut‘ Nachmittag, OK?“ Sie strahlt, als der alte Herr scheinbar zustimmt und sagt: „Fein, i hol‘ eich um vier ab.“

Dann wendet sie sich wieder Gerhard zu, legt ihre Hand auf seinen Arm und bittet: „Versprechen‘s mir bitte, dass Sie den andern Depp‘n vertrösten, i will die Wohnung ham, klar!“ „Na, ja, versprechen kann i nix. Wer weiß, vielleicht ist der genauso interessiert wie Sie.“ „Aber i war z’erst da, also bin i a z’erst drau‘, oder?“ „Und was soll ich machen, wenn der Interessent mir mehr bietet als 990.000?“ „Na, dann sagen’s halt, dass Sie scho‘ jemand ham, der das überbietet.“ „Was soll des heißen?“ „I hab schon g’sagt, i nimm die Wohnung sicher, auch wenn’s no a bissl teirer wird. Bitte!“ Sie quetscht geradezu seinen Arm, um ihre Ernsthaftigkeit zu betonen und Gerhard fühlt den Druck. Er legt seine Hand auf ihre und sagt ganz sanft: „Ich merk‘ schon, es ist Ihnen sehr ernst. Und Sie haben ja recht, Sie waren zuerst hier, also sind Sie auch meine erste Wahl, versprochen!“ Luisas Augen leuchten, sie trinkt schnell den letzten Schluck von ihrem Kaffee und haucht: „Danke, jetzt haben Sie was gut bei mir. Geht die Melange auf Sie? I

muass nämlich schnell zu mei'm nächsten Termin."
„Natürlich. Haun's ab, wir sehen uns um halb fünf."

2.

„Emilia, Marcel! Kommt‘s ihr bitte kurz, ich muss euch was sagen!“ Marion hält sich am Geländer fest, reckt ihren Kopf Richtung Kinderzimmer hinauf und hebt ihre Stimme. Stille. „Kinder! Nur kurz, dann könnt’s eh gleich weitermachen!“ Ein kurzes Schlurfen und Motzen ist zu vernehmen, dann erscheinen die beiden Geschwister. „Was is‘, Mama? Ich bin grad beim Vokabeln Lernen“, mault Marcel, und E-milia schließt sich an: „Und ich bei Mathe! Müss ma eh net weg oder so?“ „Nein, nein, ich lass euch gleich wieder in Ruh‘. Die Tante Nicole kommt nur gleich, und wir wollen ein bisserl ungestört plaudern. Was habt’s ihr denn jetzt am Nachmittag noch zu tun?“ Ganz sicher ist sie sowieso nicht, ob die beiden da oben tatsächlich so brav am Lernen sind. Aber solang alles passt, will sie ihren Sprösslingen die nötige Freiheit lassen. Bis jetzt hat sich kein Lehrer beschwert. Emilia wird etwas euphorisch und ruft: „Jö, kommt der Onkel Marcus auch mit? Ich möchte‘ nachher noch schwimmen. Das ist immer so lustig mit ihm!“ „Nein, der muss leider arbeiten, es kommt nur eure Tante. Und du, Marcel, was hast du vor?“ Emilia setzt enttäuscht ihren wohlbekannten Schmollblick auf, und Marcel tupft ihr auf die Schulter und meint: „Schwesterl, ich komm‘ mit zum Pool. Dann haben wir schon unser Theater, wirst sehen.“ „Dürfen wenigstens die Meli und der Niko rüberkommen? Wir machen auch keinen Lärm, versprochen!“, versucht Emilia den Nachmittag zu retten. Marcel versteht ihr leichtes Zucken mit der Schulter nach seinem Vorschlag wieder einmal falsch und ist für einen Moment eingeschnappt. Marion überlegt kurz und erlaubt den Besuch der Nachbarskinder: „Aber erst die Arbeit, dann das…“. „Vergnüüüügen!“, ergänzen die zwei Helden unisono und rennen die Stiegen hinauf. Während die Mutter ihnen noch nachruft: „Also, viel Spaß dann, und ihr kommt nur, wenn was Wichtiges ist!“, läutet es an der Tür. Es ist Nicole, wie immer pünktlich auf die Minute.

Die Schwestern begrüßen einander mit einer festen Umarmung, und Marion kommen fast die Tränen: „Nici! Ich bin so froh, dass du da bist!“ Sie drückt sie noch einmal ganz fest. „Wenn ich dich nicht zum Reden hätt‘, würd‘ ich wahrscheinlich bald überschnappen!“ Marion wirkt heute sehr zerbrechlich. Die sonst so selbstsichere Zweiundvierzigjährige hat heute nichts an sich, was nach Kraft und Zuversicht aussieht. Ihr blondes, leicht gewelltes Haar hat sie heute zu einem Zopf zusammengebunden und um ihre Augen bilden sich langsam rote Ringe. Ihre sonst sehr aufrechte Haltung hat sich in eine eher gedrungene, resignierte verwandelt. Die blasse Gesichtsfarbe lässt Nicole erschrecken. „Mei, Marion, was is denn bei euch los? So unrund hab‘ ich dich ja schon lang nicht erlebt! Komm, erzähl!“ Sie gehen in den Wintergarten. Auf der Terrasse wollen sie nicht reden, weil die Kinder später am Pool genau daneben herumalbern würden. Außerdem wären sie dann auch in Hörweite.

„So, jetzt sag schon, trennt ihr euch etwa?“, fällt Nicole mit der Tür ins Haus. Marion kommt etwas zu sich und hebt erschrocken die Augenbrauen: „Nein! Um Gottes Willen, davon ist nicht die Rede!“ Sie unterstreicht die Wichtigkeit dieser Antwort noch mit wedelnden Händen. „Aber unsere Situation wird immer beschissener, und der Gerhard sieht das alles viel zu locker.“ „Welche Situation? Die finanzielle?“ „Ja, immer dasselbe! Er kriegt so gut wie keine Aufträge. Und wenn einmal was kommt, dann ist des Geld so schnell wieder weg, weil damit erst einmal die Schulden gezahlt werden müssen. Mit dem Rest kommen wir dann wieder eine Zeit lang über die Runden. Es is‘ jetzt so weit, dass wir anfangen müssen, ans Eingemachte zu gehen. Die Kinder brauchen immer mehr. Die Schule, die modische Kleidung, die haben Hobbys, wie du weißt.“ Nicole nickt verständnisvoll und bestätigt: „Ja, ich weiß, die Emilia mit ihrer Reitleidenschaft, und der Marcel freut sich immer so auf's Gokart fahren. Wie ihr das finanziert, wundert mich schon lang.“ „Aber willst‘ ihnen das wegnehmen? Das bring ich nicht über's Herz!“ „Nein, nein, aber das allein kostet ein Vermögen.“ Marion kann darauf nur nicken. Ihr Blick sinkt zu Boden, und dann gibt sie zu: „Aber es tut unheimlich weh zu wissen, dass dafür demnächst entweder der Porsche weg ist oder das Boot … oder noch schlimmer, vielleicht das Haus. Wer weiß!“ Sie schlägt die Hände vorm Gesicht zusammen.

Nicole versucht, etwas Ruhe in die Situation zu bringen. Ihr selbst geht es derzeit sehr gut, sie genießt ein friedvolles Eheleben mit Markus Schellnhuber. Stress mit Kindern fällt bei ihr weg, sie haben keine. Also kann sie sich auf ihr gepflegtes Äußeres konzentrieren. Besonders am Herzen liegen ihr die langen, brünetten Haare, die sie gern mit einer Dauerwelle in Szene setzt, ohne die mit den glatten Strähnen keine spektakuläre Wirkung zu erzielen wäre. Sie ist die jüngere der beiden Schwestern und hat einen guten Draht zu Marion. Auch wenn sie manchmal nicht einer Meinung sind, streiten sie doch wenig und helfen einander, wo es geht. Und hier und heute sieht Nicole großen Bedarf, zu helfen. Also fragt sie einmal vorsichtig nach: „Wo ist der Gerhard jetzt? Arbeiten?... Und wie geht's grad in deiner Firma?... Ah, übrigens, hast einen Kaffee für uns? Den könnten wir zur Stärkung brauchen." „Jessas, ich in meinem Jammer biet' dir nicht einmal was zum Trinken an! Klar, komm, wir holen uns einen." Auf dem Weg in die Küche erzählt Marion, dass Gerhard einen Notartermin hätte. Er müsse dort den Kaufvertrag für den aktuellen Wohnungsverkauf vorbereiten. „Na bitte!", wirft Nici ein, „dann kommt ja wieder was rein!" „Ja, aber wenn ich mir unsere offenen Zahlungen anschau', wird mir mehr als schlecht. Gott sei Dank haben wir wenigstens mein Gehalt fix. Im G'schäft seh' ich fast täglich, was sich die feinen Damen so alles leisten können. Da rollt der Rubel, kann ich dir sagen! Die Anstellung in der Boutique im Ersten war eine meiner besten Eingebungen. Obwohl ich eigentlich gehofft hab, bald nicht mehr arbeiten zu müssen." „Echt? Das würdest du wollen?" „Ja, schon. Schau dir das große Haus an. Dann die Kinder von A nach B bringen. Und, und, und... Wenn ich zu Hause wäre, hätte ich den halben Stress." Nicole schüttelt leicht den Kopf und schickt ein leises Pffff durch ihre Lippen: „Nein, für mich wäre das nichts. Ich brauch meinen täglichen ‚Freigang'." Das letzte Wort unterstreicht sie mit dem Andeuten der Anführungszeichen mit den Fingern. „Aber bei uns stellt sich die Frage nicht. Gott sei Dank!"

Mit den Kaffeehäferln in der Hand gehen die beiden zurück in den Wintergarten. Marcel und Emilia kommen gerade in Badekleidung die Stiegen herunter und begrüßen Nicole herzlich. Marion geht hastig vor, damit die Kinder nicht sehen, dass es ihr nicht gut geht. Emilia ruft ihrer Mutter noch nach: „Meli und Niko kommen gleich. Machst du ihnen auf?" Nicole antwortet schnell: „Machen wir! Viel Spaß, ihr Helden!"

Kaum hat sie Platz genommen, springt Nici auf, weil die Nachbarskinder bereits an der Tür klingeln. „So, jetzt haben wir unsere Ruhe." Marion hat sich wieder etwas gefangen und kann ohne Tränen sprechen: „Weißt Nici, ich kann nimmer gut schlafen. Ich lieg stundenlang wach und mir gehen die sinnlosesten Sachen durch den Kopf. Letztens hab' ich im Geiste den Bau unseres Pools regelrecht nachvollzogen. Kannst dir das vorstellen? Von der Planung, wie der Gerhard mit Vehemenz auf einen ausgedehnten Nichtschwimmerbereich für die Kinder gepocht hat, bis hin zur Auswahl der Fliesen und den Unterbau für die Pumpenanlage. Er wollte keine Folie, es mussten Fliesen sein. Basta! Kannst du mir erklären, wie man in der Nacht auf so einen Blödsinn kommt?"

Die beiden Schwestern werden tatsächlich nicht mehr unterbrochen, bis gute eineinhalb Stunden später Gerhard im Wintergarten erscheint.

3.

Der Notar hat sein Büro im 10. Stock vom Turm A am Wienerberg. Gerhard ist zehn Minuten vor dem Termin dort und schaut aus dem Fenster. Er genießt auch hier die Aussicht und bedauert ein wenig, dass seine Wohnung heute an Luisa Strasser verkauft wird. In den letzten Monaten war er immer wieder mal hierhergefahren, obwohl es keine Interessenten gab, einfach um die Atmosphäre und den Blick auf die Stadt in sich aufzusaugen. Das würde er jetzt nicht mehr machen können, hätte dafür aber wieder ein finanzielles Polster, wodurch auch der Familienfrieden wieder hergestellt wäre.

Als Luisa ankommt, geben sie einander die Hand, und kurz darauf werden sie auch schon ins Verhandlungszimmer des Notars gebeten. Vor Beginn der Besprechung sagt der Notar zu Luisa, dass sie ihn beim Vorlesen des Vertrages jederzeit unterbrechen könne, um Fragen zu stellen. „Wissen's gnä' Frau, i mach des jeden Tag und deshalb is' des für mi' nix B'sonderes. Aber Sie haben vielleicht mit der einen oder anderen Formulierung a Problem, dann fragen's einfach." „Eh klar", antwortet Luisa, „aber ganz bled bin i a net." Gerhard grinst und der Notar räuspert sich. Dann beginnt er zu lesen: „Verhandelt am 21. Juli 2022 in Wien ..."

„So, Frau Strasser und Herr Baumgartner, wenn's jetzt keine Fragen mehr haben, kämen wir zur Unterschrift. Frau Strasser, hier bitte ... Dankeschön. Herr Baumgartner, hier. Vielen Dank. Liebe Frau

Strasser, damit sind Sie jetzt im Besitz einer wunderschönen Wohnung, und wenn i des sagen darf, Sie haben ein gutes G'schäft g'macht, wenn ich die Preise hier am Wienerberg vergleiche."

Jetzt zuckt Gerhard ein wenig zusammen. Luisa hatte es tatsächlich geschafft, ihn auf 890.000 Euro herunterzuhandeln. Er hatte schon geahnt, dass ihr geschicktes Taktieren und auch ihr kokettes Auftreten ihn becircen würden. Letztlich war er dennoch zufrieden, auch wenn Marion ihm hierzu wieder Vorwürfe gemacht hatte. „Soweit hättest du jetzt auch wieder nicht mit dem Preis heruntergehen müssen, aber trotzdem ist es gut, dass dieser Klotz am Bein jetzt weg ist."

Als sie das Büro verlassen, sagt Luisa zu Gerhard: „Wollen wir den Deal mit einem Glas Champagner begießen?" „Da sind Sie mir jetzt zuvorgekommen, das wollte ich auch vorschlagen. Kennen Sie *The Roast*? Da ist es sehr schön." „Kenn' i no' net, aber danke für den Tipp. Sie hatten mir doch letztens wegen der Möbel scho' an Schlüssel für die Wohnung geb'm. Deshalb hab' ich Schampus auf Eis liegen und ein paar Canapés gibt's a. OK?" „Oh, ja gern. Dann kann ich mir anschauen, wie Sie sich eingerichtet haben." „Na ja, is no a bissi rudimentär, aber des wird scho' no."

Sie fahren mit dem Lift in den 17. Stock, und Luisa schließt die Tür zu ihrer Wohnung auf. Sofort scheint die Sonne vom Wohnzimmer in den Vorraum und erzeugt eine freundliche Atmosphäre. „Gehen's durch ins Wohnzimmer, i hol alles aus der Kuch'l." Gerhard ist sehr überrascht. Es gibt bereits einen großen Esstisch in Eiche mit sechs dazu passenden Sesseln und ein gemütliches Sofa in Grau. An der Ostwand hängt ein riesiger Fernseher und darunter steht ein schwarzes Sideboard. Luisa kommt mit dem Sekt und zwei Gläsern aus der Küche und bittet ihn, die Flasche zu öffnen. „I hol‘ noch die Happerln und dann hock’ ma uns an den Esstisch.“

„Prost, auf die neue Wohnung“, sagt Gerhard, „auf dass Sie sich hier sehr lange sehr wohl fühlen.“ „Danke, ich glaub das werd‘ ich. Kommen‘s, stoßen wir auch auf dem Balkon noch mal an. Da steh i fast jeden Tag, obwohl i no‘ gar net richtig ei’zogn bin.“

Sie gehen hinaus und sie ruft wieder: „Ui, dieser Rundblick, der haut mi‘ immer noch um. Da kann man ja bis zu den Windrädern in Gänserndorf, also fast bis zur slowakischen Grenze sehen. Danke dafür.“

„Mir gefällt die Aussicht auch“, sagt Gerhard, und Luisa merkt nicht, dass er auf ihr prachtvolles Dekolleté starrt. Sie gehen wieder hinein und setzen sich an den Tisch. Gerhard übergibt ihr die restlichen Schlüssel und alle zur Wohnung gehörenden Unterlagen in einem Ordner. „So, jetzt sind Sie wirklich die Besitzerin. Ich bin sehr froh, dass wir uns auf einen für beide passenden Kaufpreis verständigen konnten, obwohl ich mir eigentlich mehr erhofft hatte.“ Luisa prostet ihm noch einmal zu, legt ihm die Hand auf den Arm und sagt: „Ach geh, dafür kannst ja ab und zu herkommen und des Panorama genießen. Magst den Rest der Einrichtung ausschau’n?

Als sie ins Schlafzimmer kommen, verschlägt es Gerhard die Sprache. Ein gigantisches Bett steht mitten im Zimmer, am Fenster sind bereits Vorhänge zum Verdunkeln und an der einen Wand steht ein mindestens fünf Meter langer Kleiderschrank. „Wie hast du das alles in so kurzer Zeit geschafft?“ „I hab ja scho‘ g’sagt, i bin zwar blond, aber net blöd. Und organisieren muass i im Betrieb den ganzen Tag. Und wenn i was will, dann kriag i des a.“ „Das kann ich bestätigen“, schmunzelt Gerhard.

Sie tritt etwas näher an ihn heran und legt ihm die Arme um den Hals. „Und du? Kriegst du a, was du wüst?“ „Net immer, aber wenn ich dich und die Spielelandschaft da drüben so anschau, wollen wir grad das Gleiche.“

4.

Gerhard wacht mitten in der Nacht auf. Eben hat er geträumt, dass er mit Luisa schläft. Er hofft, dass er nicht ihren Namen im Traum gesagt hat und vor allem, dass Marion nichts gemerkt hat. Tagsüber plagen ihn Gewissensbisse und immer, wenn Luisa ihm eine Nachricht schickt, ob sie sich noch einmal treffen sollen, sucht er nach Ausreden, warum das grad nicht geht. Mal schiebt er Kundentermine vor, dann muss er mit seiner Tochter zum Reiten oder mit seinem Sohn zur Gokartbahn.

Ein paar Wochen nach ihrem ersten Treffen schreibt sie ihm morgens um neun:

Hallo mein Lieber, i brauch deine Hilfe. Hab mir a neues Bild kauft und weiß net so recht, wo ich es hinhängen soll. Deine Meinung dazu wär mir echt wichtig. Kannst mal kurz vorbeischauen, bitte.

Gerhard überlegt lange, bevor er antwortet:

Ich hab nicht viel Zeit, aber heute Nachmittag zwischen zwei Terminen könnt ich mal kurz zu dir kommen. Wär dir 14 h recht?

Ja, des passt. Möchtest du dann auch eine kleine Jause?

Nein, ein Kaffee genügt. Bis nachher.

Fein, bis gleich. Bussi.

Gerhard trifft kurz vor zwei ein, und Luisa kommt direkt auf ihn zu, umarmt ihn und küsst ihn stürmisch. Das ist genau das, was er befürchtet hatte, aber er lässt sich darauf ein. „Komm rein, mein Lieber, hock di‘ in die Kuch‘l, i mach uns an Kaffee“, säuselt sie, küsst ihn noch mal und schaltet den Kaffeeautomaten ein.

Als er am Küchentisch Platz genommen hat, kommt sie zu ihm, streichelt mit der Hand seinen Nacken, zerwühlt seine Haare und küsst sein linkes Ohr. Ein wohliger Schauer rinnt durch Gerhards Körper und sie spürt das. Also macht sie weiter, küsst sein rechtes Ohr und flüstert hinein: „Du hast mir total gefehlt. Ich freu mich so, dass du da bist. Lass dich noch mal umarmen.“ Sie beugt sich zu ihm herunter, so dass er sehen kann, dass sie unter ihrem T-Shirt keinen BH trägt und dass die Brustwarzen wie zwei Blumenknospen aufspringen. Er nimmt sie in den Arm, atmet heftig und küsst sie leidenschaftlich. Sie ergreift seine Hand und zieht ihn mit ins Schlafzimmer.

Als sie nach einer Stunde in die Küche zurückkommen, hat sich der Kaffeeautomat schon wieder ausgeschaltet, und jetzt trinken sie beide lieber ein Glas kaltes Wasser. „Des war aufregend, mein Lieber und i möcht‘, dass wir das öfter tun. Hat es dir auch g‘fallen?“, fragt Luisa. „Ja, ich fand es auch sehr schön und ich befürchte, ich werde das auch wiederholen wollen, obwohl ich es nicht sollte.“ „Ach was, wenn es uns beiden gefällt, was is scho‘ dabei?“ „Vergiss nicht, dass ich verheiratet bin. Das kann ich nicht einfach ausblenden.“ „Man kann alles lernen, solange du bei mir bist, musst du net an Marion denken. Wenn‘st z‘haus bist, scho. Meinst’ des geht?“ „Ich werde es versuchen, aber versprechen kann ich nichts. Drängel mich halt nicht so.“ „Mach ich net. Wann seh‘ ma uns wieder?“

Eine Woche später nimmt er Luisa mit seinem Boot mit zu einem kleinen Ausflug auf der Donau. Marion muss arbeiten, die Kinder sind in der Schule, und so können sie einen Vormittag auf dem Fluss und seinen Nebenarmen dahin schippern. Als sie an Bord kommt, ist sie ganz hin und weg: „Pfau, des Boot is ja mega. So groß hab‘ i mir des net vorgestellt. Wahnsinn! Da san ja sechs Kojen unten drin. Schaffen wir es, in jeder von denen einmal zu kommen? Habt ihr des Ding deshalb Amore getauft?“ Gerhard wird rot, grinst und fühlt sich geschmeichelt. Dann erklärt er ihr, dass die Jacht knapp zehn Meter lang ist und Platz für insgesamt neun Personen hat. „Die Maschine hat 220 PS und wir haben auch genügend Wasser an Bord. Da können wir scho‘ a Zeitlang unterwegs sein.“ Er besteht aber dann drauf, dass sie eine Schwimmweste anzieht. „Wieso‘n des? I bin a gute Schwimmerin. So a Ding hab i no‘ nie aung‘habt.“ „Bitte, zieh sie an, das ist Vorschrift. Und man sollte die Strömung hier nicht unterschätzen. Des is‘ nicht wie im Freibad.“ „I war scho‘ oft auf der Donauinsel und bin dort g‘schwommen. Des hat mir nix ausg’macht.“ „Trotzdem, bitte. Sonst kann ich dich nicht mitnehmen.“ „Na, du bist ja vielleicht a Spaßbremse. Wie soll ich mich darin bewegen?“ Das geht schon. Und wenn wir nachher ankern und uns unter Deck vergnügen, kannst du die Weste mit den anderen Sachen zusammen ausziehen. Aber wenn wir fahren, bleibt sie dran.“ Luisa zieht einen Schmollmund und die Weste an. Dann geht sie zu ihm ans Steuer und drückt ihn ganz fest an sich.

5.

Die AMORE, das Boot von Gerhard, ist an einem Ast am Ufer der Donau mit einem einfachen Knoten festgebunden. Es schaukelt etwa einen Kilometer donauaufwärts von Nußdorf vor sich hin. Der Wind bewegt den Ast und die Wellen bringen das Boot zum Schaukeln. Immer wieder zerrt das schwere Motorboot an dem Seil und bei einer heftigen Böe und einer Donauwelle löst sich das Tau und das Boot treibt flussabwärts.

Langsam bewegt es sich mit der Strömung, und da es noch nahe am Ufer treibt, fährt es führerlos in den Donaukanal in Richtung der Schemerlbrücke. Diese Brücke, die im Volksmund auch wegen der auf und neben der Brücke sitzenden, bronzenen Löwenstatuen Löwenbrücke genannt wird, wurde von 1894 bis 1898 errichtet. Sie steht über dem Nussdorfer Wehr und der Schleusenanlage und hat eine Spannweite von 49 Metern. Dieses Wehr hat seit 2005 auch ein Luftwasserkraftwerk mit 12 Hydromatrixturbinen mit einer Gesamtleistung von 4,8 Megawatt.

Neben der Brücke befindet sich das ehemalige Verwaltungsgebäude der „Donau-Regulierungs-Kommission", jetzt Donau-Hochwasserschutz-Konkurrenz (DHK). Seit 2017 ist das Gebäude Sitz der für die Wiener Gewässer und den Wiener Hochwasserschutz verantwortlichen Magistratsabteilung 45. Es handelt es sich um einen dreigeschoßigen sezessionistischen Bau, der 2023 renoviert werden soll.

Die AMORE treibt unaufhörlich auf das Wehr zu und wird kurz davor von einem Stahlseil mit daran befestigten Tonnen aufgehalten. Es schlägt mal gegen die eine, mal gegen eine andere Tonne, und daher werden Spaziergänger am Ufer des Kanals darauf aufmerksam. Eine Frau, die zu erkennen glaubt, dass sich niemand im Boot befindet, alarmiert die Feuerwehr.

Fünfzehn Minuten später trifft ein Rettungsboot der Feuerwehr an der Stelle ein. Die Wehrleute fotografieren die Fundstelle, steigen auf das Boot hinüber und es bestätigt sich, dass kein Mensch an Bord ist. Daher nehmen sie die AMORE ins Schlepptau und bringen das Schiff zur Wasserschutzpolizei, wo es erst mal gesichert wird.

6.

In seinem Büro in der Hertha-Firnberg-Straße schaut Gerhard nach den Immobilienvermietungs- und Verkaufsanzeigen. Er ruft einen Interessenten an, der ein Appartement im 10. Bezirk zu mieten sucht und erklärt ihm, dass er eine Wohnung dort hat. Nachdem er ihm in den schönsten Formulierungen das Domizil schmackhaft gemacht hat, verabreden sie einen Besichtigungstermin für den nächsten Morgen.

Dann sieht er eine Anzeige im Standard:

Die EXPO REAL, Internationale Fachmesse für Immobilien und Investitionen, findet vom 4. bis 6. Oktober 2022 auf dem Gelände der Messe München statt. Sie bildet das gesamte Spektrum der Immobilienwirtschaft ab und bietet eine internationale Networking-Plattform für die bedeutenden Märkte von Europa, den Mittleren Osten bis in die USA. Das umfangreiche Konferenzprogramm mit rund 400 Referenten bietet einen fundierten Überblick über aktuelle Trends und Innovationen des Immobilien-, Investitions- und Finanzierungsmarktes.

Sofort kommt ihm der Gedanke, dass er mit Luisa dahinfahren könnte. Da die EXPO für ihn beruflich sehr wichtig ist, kann Marion gegen einen Besuch nichts einzuwenden haben. So hätten Lu und er einmal drei Tage für sich, ohne auf andere Dinge Rücksicht nehmen zu müssen. Er schickt Luisa gleich eine Nachricht:

Hallo Lu, in zwei Wochen ist die EXPO REAL in München. Möchtest du mit mir dahin?

Super Idee. Wann genau, Gerry?

Vom 4. bis 6. Oktober.

Hab einen Termin verschoben, der am 5. geplant ist, also komm ich mit. Fahren wir mit deinem Auto?

Ja, oder? Fliegen lohnt sich nicht. Da sind wir auch nicht viel schneller. Und mit dem Auto sind wir flexibler.

Krass. I freu mi scho ;-)

OK, dann reservier ich ein Zimmer und buch die Tickets für die Messe.

Am Dienstag früh um sieben Uhr holt Gerhard Luisa von zu Hause ab. Sie ist noch ganz verschlafen und noch nicht angezogen. „Komm no‘ a bissi ins Bett. München und die EXPO laufen net davon.“ Um kurz nach zehn biegen sie dann auf die Westautobahn und Gerhard gibt Gas.

Auf der Messe schlendern sie gemeinsam an den verschiedenen Ständen vorbei. Gerhard hat bei zwei Investoren Termine vereinbart, und dort gehen sie dann um 15 und 17 Uhr hin. Luisa langweilt sich bei den Gesprächen, aber sie zeigt es nicht. Innerlich hofft sie, dass die Diskussionen bald vorbei sind.

Danach fahren sie zum *Hotel Kreis Residenz* in Trudering. Es gibt einen privaten Parkplatz direkt am Hotel, und Gerhard stellt das Auto ab. „Feierabend!“, ruft er und küsst Luisa vorsichtig. Anschließend checken sie ein und bringen ihr Gepäck aufs Zimmer. Gerhard hat eine Suite reserviert und die sieht so exklusiv aus, wie er es bei der Reservierung gesehen hat. Er schaut auf seinem Smartphone nach einem Restaurant und fragt: „Was möchtest du denn heute Abend essen? Wir haben hier in der Nähe drei Italiener, einen Inder und mehrere bayerische Gasthöfe.“

„Also i wär‘ für was Bayerisches“, antwortet Luisa. So gehen sie ins Truderinger Wirtshaus und genießen Schweinebraten und Wurstsalat mit ein paar Augustiner Bieren.

Auf dem Rückweg sagt Gerhard: „Jetzt bin ich so vollgegessen, ich glaub da geht gleich nix mehr im Zimmer.“ „Schau ma amal“, schmunzelt Luisa.

Als sie am 6. Oktober auf dem Rückweg sind, gehen Gerhard die knapp 500 Euro durch den Kopf, die er in München ausgegeben hat. ‚*Wenn Marion das erfährt, wird sie wieder toben. Ich bin aber auch a Depp. In den letzten Wochen kaum Aufträge, auf der Messe hat sich auch nix Gescheites ergeben und ich hau hier das Geld aus dem Fenster. Ich glaub, es wird Zeit, dass ich Luisa sag‘, dass ich mir solche Eskapaden zurzeit nicht leisten kann.*‘

„Wieso bist‘n so still“, fragt sie kurz darauf. „Ach nix, mir gehen gerade ein paar Projekte durch den Kopf, die sich immer weiter verzögern, so dass ich gerade wenig Umsatz mache.“ „Soll i die Rechnung von München übernehmen?“ „Nein, das will ich nicht. Das säh‘ auch blöd aus, wenn ich nach München fahre und nachher stellt Marion fest, dass ich kein Geld ausgegeben habe. Aber in den nächsten Wochen muss ich etwas kürzertreten.“ „Gerry, sag mir einfach, wie i dir helfen kann. I lad‘ di amal gern wohin ei‘, ich leih‘ dir auch was, das macht mir gar nix. Aber sag'n musst‘ des scho‘ selber.“ „Liebste Lu, das ist supernett von dir. Aber noch geht's grad so.“

7.

Der kalte Novembertag lädt gar nicht zum Verlassen des Hauses ein. Es ist nebelig, und feuchtkalte Herbstschauer kündigen sich bereits an. Aber es nützt nichts, Termin ist Termin. Emilia ist heute vom Unterricht befreit, weil sie mit ihrer Mutter ins Gymnasium zum Tag der offenen Tür gehen muss. Ja, sie muss, sie will eigentlich nicht: „Warum soll ich unbedingt ins G19? Das is' total uncool, in dieselbe Schule zu gehen wie mein großer Bruder!" „Emilia, das haben wir schon tausendmal besprochen", entgegnet Marion. „Ich hab' Stress genug, um euch von zwei Schulen abzuholen und zu euren Veranstaltungen zu kutschieren. Aufs private Taxi könntest du schon ein bisserl Rücksicht nehmen, schließlich brauchst du es. Außerdem ist doch dort alles super! Oder hast du von Marcel was anderes gehört? Die Lehrer sind gerecht. Der Lehrstoff wird verständlich vermittelt. Und es ist nicht so weit weg. Emilia, sei doch vernünftig!" Den letzten Satz hätte sich Marion besser gespart. Was folgt, ist ein Schauspiel der besonderen Art, wie es nur leidgeplagten Eltern zuteilwird. Es dauert weitere zehn Minuten, bis Emilia sich wieder beruhigt hat. Wortlos sitzt das Mädchen mit verheulten Augen neben seiner Mutter im Auto. Ihr trotziges Gesicht lässt sie viel jünger wirken als eine Zehnjährige, fast schon zerbrechlich. Auch Marion sagt lieber nichts mehr, und sie hofft, dass sich ihr Kind in der Schule zurückhalten würde.

Emilia ist eine Person, die sich im stillen Kämmerlein schon Gedanken über die Dinge macht, über die sie sich vor ihren Eltern lautstark protestierend äußert.

Deshalb ist ihr auch klar, dass sie sowieso dorthin wechseln würde. Also macht es durchaus Sinn, im Schulgebäude keinen Aufstand zu machen. *‚Das wäre ja peinlich!‘* Sie sieht sich alles genau an, spricht aber nur das Nötigste, wenn sie gefragt wird. Marion entspannt sich ein wenig, als sie merkt, dass Emilia einlenkt und ist froh, Gerhard zu Hause nur Positives berichten zu können. Und zu ihrer großen Überraschung sagt Emilia mit einem undefinierbaren Lächeln zu ihm: „Papa, so schlimm ist es da vielleicht doch nicht. Die reden wenigstens vernünftig mit einem."

Emilia verschwindet in ihrem Zimmer, und Marion lässt sich auf die bequeme Couch fallen. Sie lässt den Kopf nach hinten auf die Lehne sinken, streckt ihre Arme links und rechts aus und schließt die Augen. *‚Jetzt ein paar Minuten Ruhe und vielleicht nachher einen Kaffee.‘*

„War es so schlimm?", fragt Gerhard mit ehrlichem Mitgefühl und möchte sich zu ihr setzen. Blitzschnell richtet sich Marion wieder auf, und das Blitzen in ihren Augen ist erschreckend. „War es so schlimm?!", schreit sie. „So schlimm? Du hast keine Ahnung, was es heißt, eine Zehnjährige in der Vorpubertät im Zaum zu halten! Du bist immer nur da, wenn alles wieder gut ist! Wo warst du heute, während ich wieder einmal Löwenbändiger gespielt hab'? Hm, … Wo… warst du?! Kein Auftrag in Sicht, kein Lichtblick für unser Konto, aber der Herr des Hauses fleißig unterwegs!" Angewidert verzieht sie den Mund.

Gerhard ist diese Ausbrüche mittlerweile gewöhnt, aber er weiß nicht, wie er sich verhalten soll. Alles, was er sagt und tut, ist falsch. Einerseits tut ihm seine

Frau leid, sie hat ja wirklich die größere Belastung im Haushalt, das ist ihm bewusst. Andererseits nimmt sie seine Hilfe und die liebevollen Gesten gar nicht mehr wahr, sondern schreit ihn immer an und stößt ihn weg. *‚Kann es sein, dass sie etwas merkt? Warum fragt sie sonst, wo ich war?‘* Die Gedanken drehen sich im Kreis, und er sucht nach einer guten Antwort. Er bemüht sich, ruhig zu entgegnen, um eine Eskalation zu vermeiden. „Marion“, flüstert er fast, „bitte, …ich weiß doch, was du alles um die Ohren hast. Lass mich dir doch helfen.“ Nicht mehr ganz so laut, aber immer noch gut hörbar, ruft die zutiefst Enttäuschte: „Ja, genau, du weißt, was ich um die Ohren hab‘. Einen Dreck weißt du! Und es interessiert dich auch gar nicht!“ „Also weißt‘, das ist jetzt schon hart. Anscheinend ist ja sowieso alles verkehrt, was ich mach‘.“ Beschämt steht er vor seiner Frau und versucht es mit einer kleinen Notlüge: „Und übrigens! Ich war heute im Büro und hab‘ verhandelt wegen einem Haus, das im Vierzehnten zu vermieten ist. Da hab‘ ich echt eine Chance.“ „Aha, die nächste Chance … Da bin ich aber gespannt. So, wie des letzte Mal, wo dann doch wieder die Konkurrenz zug’schlagen hat?“ Ihr Ton wird zynisch und eiskalt.

In diesem Moment fragt er sich zum ersten Mal, ob ihre Ehe überhaupt noch einen Sinn hat. Es ist einfach zermürbend, wenn alles nur mehr vom Mammon abhängt, besonders der Stress der eigenen Frau. *‚Aber zaubern kann ich halt auch nicht. Der Immobilienmarkt ist hart, besonders jetzt. Das wird sich doch wieder einspielen. Die Marion sieht das alles irgendwie zu eng. Das darf mir aber auf keinem Fall herausrutschen, sonst hab‘ ich gleich die Scheidung. …Oder denkt sie noch an die Kinder?‘* Ihm wird ein bisschen übel, die Hilflosigkeit übermannt ihn. ‚*Wäre vielleicht mit der Lu alles leichter? Die ist so locker und problembefreit. Aber hält sie einen Scheidungskrieg durch? Ohne den ginge es nicht. Haus…, Kinder, … Nein, das tu‘ ich mir nicht an. Es wird schon wieder werden!‘*

Er kann nicht anders, als Marion zu fragen: „Was willst du eigentlich? Wunder wirken kann ich noch nicht. Aber mit ein‘ bisserl Geduld schaffen wir das doch!“ In Marions Gesicht, das immer sehr jugendlich gewirkt hatte, sind jetzt grobe Sorgenfalten zu sehen. Die gesunde Gesichtsfarbe ist einem fahlen Weiß-Grau gewichen, und der Ausdruck ihrer Augen gibt nicht weniger Grund zur Sorge. Ihre Blicke durchbohren Gerhard fast, als Emilia ins Wohnzimmer kommt und entsetzt die quälende Frage in den Raum stellt: „Streitet ihr schon wieder? Und ist es wegen mir?“

8.

Seit dem großen Krach vor ein paar Wochen ist nicht nur die Außentemperatur eisig, sondern auch die Stimmung zwischen den Eheleuten. Dass Emilia die Schuld bei sich vermutet, hat Marion natürlich umgehend Gerhard in die Schuhe geschoben. „Da siehst du, was du anrichtest! Es ist alles einfach eine Katastrophe!“ Genau weiß er nicht, was sie damit meint, aber Marion spricht ohnehin immer öfter in Rätseln. Er dringt kaum noch zu ihr durch. Daher unterlässt er jede Rechtfertigung oder Entgegnung. Manchmal denkt er, wenn er nicht ab und zu die schönen, entspannenden Stunden mit Lu hätte, würde auch er durchdrehen. Nur durch sie kann er noch einigermaßen gelassen reagieren, wenn die ewigen Beschuldigungen über ihn hereinprasseln. *‚Ja, ich brauch das Mäd'l! Ich weiß, es ist Scheiße, aber um Himmels Willen, ich brauch sie!‘*

Neun Tage vor Weihnachten macht Gerhard den Vorschlag, gemeinsam einen Weihnachtsbaum zu kaufen. Alles in ihm spannt sich vorsorglich an, damit die Wortpfeile, die er erwartet, an ihm abprallen können. Er rechnet mit etwas wie: „Ja, eh klar! Kein Geld, kein Familienleben mehr, aber schön Weihnachten feiern!“ Aber es geschieht ein kleines Adventwunder. Marion stimmt einfach zu. Einfach so: „Gute Idee, es ist eh schon der 15., sonst wird es uns noch zu knapp. Fahren wir jetzt gleich?“ Gerhard bemüht sich, nicht zu überrascht zu wirken und antwortet schnell: „Können wir machen. Ich trink nur meinen Kaffee aus.“ Stumm sitzen sie nebeneinander im Auto, als wäre eine dicke Eiswand zwischen ihnen. Gerhard würde sie gern wegtauen, aber er traut sich nichts zu sagen, weil er ihre Reaktion fürchtet. Da fällt ihm doch noch ein unverfänglicher Satz ein, der wenigstens eine positive Antwort erhoffen lässt: „Ich find‘ es schön, dass wir immer noch nach Grinzing um den Weihnachtsbaum fahren, obwohl bei uns ganz in der Nähe ein Verkäufer ist.“ „Ja, wie selbstverständlich, gell! Aber der hat uns noch nie enttäuscht. Seine Bäume verlieren die Nadeln erst am Mistplatz“, kommt als lockere Antwort zurück. *‚Ach, wär‘ das schön, wenn diese Stimmung eine Weile anhalten könnte. Wenigstens ein Tag Waffenstillstand!‘* Gerhards Anspannung lässt ein wenig nach. Fast spürt er, wie die Eiswand zwischen ihnen dünner wird.

Beim Christbaumhändler spazieren sie erst nebeneinanderher und begutachten die Bäume in der Größenordnung von zwei Metern aufwärts. Nachdem klar ist, dass sie diesmal doch auf eine andere Preiskategorie umschwenken müssen, trennen sie sich. Er geht nach links, sie nach rechts. In der Mitte des Platzes steht eine Holzhütte, umringt von einigen ansehnlichen Tannen. Am Abend würden die vielen Lämpchen ein angenehmes Licht verbreiten, jetzt sind sie zur Zierde eingeschaltet, zusätzlich zu den Leuchtsternen, die dazwischen montiert sind.

Gerade in dem Moment, als Marion hinter der Hütte verschwindet, tupft jemand mit den Fingern auf Gerhards Schulter: „Servus, Gerry! Bist du letztens gut heim’kommen? So ein Zufall, kaufst‘ auch hier euern Christbaum?“ Luisas Augen strahlen ihn an, und sie setzt bereits zum Weiterreden an, als er einen großen Schritt nach hinten macht und ihr dabei die Hand schüttelt. „Grüß‘ Sie, Frau Strasser! Haben Sie sich schon in der neuen Wohnung eingelebt?“

Das Strahlen ihrer Augen weicht einem enttäuschten Blick, sie hat verstanden. Da naht auch schon Marion, die von Weitem die fremde Frau gesehen hat und natürlich genauer hinschauen möchte. Die junge Dame ist bildhübsch. Ihre blonden Locken gucken unter der pastellfarbenen Mütze hervor und fallen locker über ihre Wangen. Gut, sie hat zu viel Lippenstift aufgetragen, die Hälfte hätte es auch getan, aber es unterstreicht ihren Typ. Sie ist etwas kleiner als Marion, was sie mit ihren hohen Absätzen ausgleicht, und gertenschlank. Marion würde sie auf 25 Jahre schätzen. Die 31 sieht man ihr tatsächlich nicht an, sie wird häufig für viel jünger gehalten, weil sie etwas Spitzbübisches an sich hat.

„Marion, darf ich dir vorstellen! Das ist Frau Strasser, die im Juli die Wohnung im 10. gekauft hat. Kannst' dich erinnern?" Gerhards Ton ist etwas zu hoch, also wird Marion später sicher nachfragen, was da noch alles läuft. Vorerst aber antwortet sie scheinbar gelassen: „Ja, freilich! Die schöne Wohnung, wo du auch eine Million hättest kriegen können. Wie sollte ich das vergessen! Sind Sie zufrieden?" Sie schaut die Fremde gespielt freundlich an. Luisa, auch nicht besonders geübt im Lügen, meidet den Blick in Marions Augen, als sie so trocken wie möglich antwortet: „Ja, danke, es ist traumhaft. Nehmen Sie's Ihrem Mann nicht übel, ich bin Geschäftsfrau und verdammt gut im Handeln. Er war praktisch chancenlos." „Ah, verstehe! Das erklärt natürlich alles. Gerhard, können wir hier weitermachen? Die Kinder kommen bald heim." Das musste jetzt sein. *‚Man muss sich schon richtig positionieren, damit alle Bescheid wissen.'*

„Ja, klar“, zischt Gerhard knapp, „Frau Strasser, es hat mich sehr gefreut! Genießen Sie ihr Zuhause. Auf Wiedersehn!“ Zum Abschied reicht er ihr noch einmal die Hand, vermeidet es aber, ihr ins Gesicht zu schauen. Bei Gelegenheit würde er sie fragen müssen, warum sie ihren Christbaum ausgerechnet in Grinzing kauft. ‚*Das war ja mehr als unangenehm! Und gleich wird's wieder losgehen! Na fein.*‘ Weil Marion immer darauf bedacht ist, in der Öffentlichkeit den Schein zu wahren, teilt sie Gerhard erst einmal mit, dass sie ein geeignetes Exemplar gefunden hat. „Und ja, es ist auch bezahlbar.“ Es ist dem Verzweifelten egal. ‚*Egal, wie groß, egal wie teuer, Fichte, Tanne… alles wurscht. Mensch, was für Weihnachten kommen da auf uns zu?*‘

Marion kann ihre Wut zurückhalten, bis sie daheim ankommen. Allerdings ist im Auto die Eiswand wieder da und auch das große Schweigen. Aber dann knallt sie die Haustür zu und stichelt sofort: „Grüß‘ Sie, Frau Strasser! ... Fühlen Sie sich wohl im neuen Zuhause? ... Bla, bla, bla …! G'spielter geht's nimmer! Du verlogenes A …“. Sie unterbricht sich selbst. So weit ist sie noch nicht, dass sie sich vergisst. Gerhard ist klar, dass er jetzt etwas sagen muss. Aber es muss etwas Überzeugendes sein. Er weiß selber, dass er im Lügen eine Niete ist und lässt sich auf einen Versuch ein: „Schau, Marion, ich weiß, das hat blöd ausgeschaut. Aber es war mir wirklich nur peinlich, weil ich dir nicht erzählt hab‘, dass ich mit der Frau Strasser wegen der zähen Verhandlung ein paarmal auf einen Kaffee und einmal essen gegangen bin. Und dann hat das Theater doch nicht mehr Geld gebracht. Wer weiß, was du gleich gedacht hättest! Ich wollte dich nicht beunruhigen. Wirklich! Das musst du mir glauben!“ Er wartet auf eine Reaktion. Marion sieht ihren Mann sehr nachdenklich an. Sie weiß auch nicht mehr, was wahr ist und was nicht. Vielleicht hat er sich tatsächlich nur ertappt gefühlt. ‚*Was hätte ich eigentlich wirklich gedacht, wenn ich gewusst hätte, dass er die junge Frau ein paarmal getroffen hat? Ich weiß‘ auch nicht.*‘

Die Situation wird jäh entschärft, als sich die Haustür öffnet und die Kinder hereinkommen. Marion geht nach oben und Gerhard sagt: „Hallo, ihr zwei! Stellt euch vor, wir haben gerade den Christbaum gekauft. Er wird heute noch geliefert.“ Wäre Marion noch dabei, würde sie die Erleichterung in seinem Gesicht wahrscheinlich sehen.

9.

Silvester, morgens um 9:30 Uhr. Gerhard sitzt in seinem Büro und schaut sich seine Jahresbilanz an, also die vorläufigen Zahlen, die er dem Steuerberater übermitteln wird. Seit dem Verkauf der Wohnung an Luisa hat er tatsächlich nur zwei Wohnungen zur Miete vermittelt. Das hat eine Provision von etwa 4.000 Euro eingebracht. Das wird also der dritte schlechte Jahresabschluss hintereinander. Marion hatte vorgeschlagen, dass sie die Kinder zu den Großeltern bringen und zur Abwechslung mal auf einen Ball gehen. Leider mussten sie das absagen, denn die Tickets hätten knapp 200 Euro gekostet. Und mit Essen und Getränken wären locker 500 Euro zusammengekommen. Das konnten sie sich im Moment einfach nicht leisten.

Gerhard ist sehr verzweifelt, nicht nur weil es zu Hause immer wieder zu Streitereien kommt, sondern auch, weil er mit Luisa weniger unternehmen kann. Sie bietet zwar immer an, für ihre Eskapaden zu zahlen, aber er will das nicht annehmen. *‚Ich lass mich doch nicht von ihr aushalten‘*, denkt er dann immer. Daher treffen sie sich auch nicht mehr so oft, und das sorgt bei Luisa für schlechte Laune. Sie hat schon mehrfach gesagt: „Verlass endlich deine Frau und zieh zu mir. Dann haben wir mehr voneinander und du musst nicht ständig ein schlechtes Gewissen haben.“ *‚Wenn das so einfach wäre‘*, denkt er. *‚Ich kann mir nicht vorstellen, Marion und die Kinder zu verlassen, aber die Stunden mit Luisa im Bett (und das sind die meisten) bedeuten mir viel und sie sind einfach zu schön, sonst hätte ich die Beziehung schon längst beendet. Ich kann ihr ja außer meinen Besuchen* *nichts bieten, und wer weiß, wie lange sie das noch mitmacht. Also, wenn ich nicht bald einen größeren Auftrag bekomm', muss ich mich von meiner Geliebten trennen. Leider ist dafür jetzt die falsche Jahreszeit, denn Boote werden eher im Frühjahr gekauft. Aber wenn es so weiter geht, muss ich den Verkauf bald in die Tat umsetzen und dabei sicher einen geringeren Erlös für das Boot in Kauf nehmen.'*

Als er nachmittags nach Hause kommt, ist Marion in der Küche und bereitet das Abendessen vor. Missmutig sagt sie zu ihm: „Die Kinder sind bei meinen Eltern und wir hätten einen so schönen Abend bzw. eine rauschende Ballnacht haben können, aber das geht nun auch wieder nicht. Früher hätte ich an so einem Tag gesagt, lass uns einen kuscheligen Abend zusammen haben, aber das hatten wir auch schon lange nicht." Er antwortet: „Du hast recht, aber wenn ich uns jetzt einen guten Wein aus dem Keller hole und wir zum Essen ein paar Gläser trinken, kann das doch ganz nett werden. Wir könnten es uns auf dem Sofa bequem machen, ein bisschen Fernsehen oder Musik hören und dabei von der Zukunft träumen."

„Zukunft? Pah! Hast du denn eigentlich einen Plan, wie das 2023 weitergehen soll? Wir konnten den Kindern keine großen Weihnachtsgeschenke machen, wir können nicht zum Ball gehen, zum Anziehen hab' ich mir schon ewig nichts mehr gekauft und unsere Sparkonten sind fast leer. Meinst du nicht, dass sich da bald etwas ändern muss?" „Marion, lass uns doch heute mal nicht jammern und über das Schlechte reden. Wenn wir uns vorstellen, ich würde nächste Woche wieder so einen Abschluss machen wie im Sommer, dann wären wir aus dem Gröbsten raus.

Immerhin haben wir im Moment keine Schulden, das ist doch schon mal besser als im Juni. Und es kann ja nicht immer alles schief gehen."

Er geht in den Keller, kommt mit einer Flasche „Chateu Neuf du Pape" zurück und sagt: „Schau, was ich gefunden habe, das ist die Vorletzte. Weißt du noch, wie wir vor drei Jahren zwanzig Stück davon bestellt haben? Der hat uns immer so gut geschmeckt, und der kann uns doch heute die Nacht versüßen." „Ach geh, eine Flasche wird unsere Probleme nicht lösen. Aber gut, ich hör jetzt mal auf und brate uns die Steaks, die ich noch in der Gefriertruhe hatte. Es gibt Reis und Gemüse dazu und dann hab' ich noch ein Tiramisu gezaubert. Mach inzwischen den Wein auf und lass uns schon mal anstoßen. Vielleicht wird's ja doch noch was mit unserem Abend."

10.

Im Jänner hat es endlich noch einmal geklappt. Gerhard hat ein Haus hereinbekommen und dann sehr schnell einen Käufer gefunden. Dabei sind im Februar 16.000 Euro Provision für ihn übriggeblieben. Sofort danach hat er sich mit Luisa verabredet und mit ihr eine wunderbare Zeit in ihrem ‚Spielzimmer' verbracht. Sie treffen sich anschließend wieder regelmäßig. Das Leben kann so schön sein!

Anfang März gehen sie zusammen zum Wiener *Eistraum* beim Rathaus. Nachdem sich jeder ein Paar Schlittschuhe ausgeliehen und angezogen hat, fahren sie einige Runden zusammen. Gerhard ist sehr vorsichtig, weil er das nicht so gut kann. Luisa hingegen dreht lauter Pirouetten und kreist ständig um ihn herum. Dabei zieht sie ihn auf: „Kumm scho', Gerry, des kannst no' besser... sei net so lahmlackert, du bist doch no' ka' oider Mau'... Was is'n los? Pass auf, dass'd net auf deine Gogerln fallst, die brauch' ma nachher no'..." Und schwups, da liegt Gerhard schon auf allen Vieren auf dem Eis. „Jessasmarandjosef, hast dir weh 'tan?", fragt Luisa. „Na, nur a bissl." Sie fährt zu ihm hin, hilft ihm auf, umarmt ihn und gibt ihm einen langen Kuss. „So, jetzt geht's sicher besser. Und nacha lad' i di' auf an heißen Tee mit Rum ei'."

Mit einem Jagertee wärmen sich beide auf und essen noch ein Langosch dazu, beide mit viel Knoblauch. Dann fahren sie mit der U-Bahn zu Luisa nach Hause und sporteln noch ein Stündchen im heiligen Reich. Zum Schluss noch einen kleinen Lamourhatscher in der Küche und ein Schlückchen Prosecco, dann muss Gerhard sich auf den Heimweg machen.

Als er Marion einen knappen Kuss zur Begrüßung gibt, fragt sie gleich: „Iiihh, was hast du denn gegessen? Mindestens zwei Knollen Knofl, oder?“ „Nein, bloß ein Langosch in der Mittagspause im Prater. Hatte in der Nähe einen Besichtigungstermin und hab dann einen kleinen Abstecher zum Meister Langosch gemacht. Dort ist der Fladenteig besonders gut und Knoblauch g'hört einfach dazu. Die süßen Versionen, die die Leut‘ heut‘ essen, mag ich gar nicht.“ „Na, dann kannst‘ heut‘ Nacht gleich auf'm Sofa schlafen. Des halt‘ i net aus. Hat denn der Termin mit dem Kunden was gebracht?“ „No, I weiß no‘ net. Es ging um eine hundertvierzig Quadratmeter große Eigentumswohnung für 850.000 Euro, und der Kunde macht net den Eindruck, als ob er sich die leisten könnt‘. Aber er will mal mit seiner Bank sprechen. Schau ma amal.“

Drei Tage später fährt Gerhard in seiner Mittagspause zu Luisa nach Hause. Sie hat ihn zum Essen eingeladen und zwei Tiefkühlpizzen in den Backofen geschoben. „Bis die fertig san, könnt‘ ma no‘ eben a klane Nummer schieb‘n, was meinst Gerry?“ Sie stellt den Backofen auf 10 Minuten und schleppt ihn in die Federn.

Als sie wieder in die Küche kommen, ist der Backofen schon aus, aber die Pizzen sind gerade richtig. „Mag'st a Glaserl Chianti dazu?“ „Nein, i hab gleich noch einen Termin mit einem Kunden, da trink ich lieber Wasser.“ „Na, dann trink‘ ich halt allein. I geh‘ heut‘ nimmer in die Firma, mach den Rest von z'haus." Während sie kaut, fragt sie ihn: „Sag mal, mein Lieber, könnt' ma net mal was am Wochenende machen? Es wird doch jetzt bald Frühling. So a klane Tour irgendwohin fänd' i echt mega." „Am Wochenende wird das schwierig, das weißt du, aber unter der Woche können wir das an einem sonnigen Tag sicher mal machen." „Na ja, i kann ma aber net immer frei nehmen, mei' Firma rennt a net von alla'. Am Wochenend' wär scho schöner." Gerhard gefällt die Idee gar nicht, aber er will Luisa beruhigen: „I schau mal, ob Marion mal was mit den Kindern allein unternimmt, dann sag' ich dir Bescheid, und wir vergnügen uns amal im Freibad." „Geil, dann bring i an Schampus mit, und den trink ma gemütlich auf der Wiese. Das wär uuurgut." Sie küsst ihn lange und dann muss Gerhard sich wieder verabschieden.

Im Auto ruft er seinen Freund an: „Hallo, Martin, wie geht's?" „Gut soweit, und dir?" „Na geht so. Können wir uns mal auf a Bier treffen?" „Ja sicher, was is'n los?" „Ach, das ist nix fürs Telefon. Wann hast du Zeit?" „Warte, ich schau mal, heut' geht's nimmer, Christa hat für abends Gäste eingeladen und i muss no' was einkaufen. Morgen…, ja morgen gegen halb sieben?" „Ja, passt. In unserem Lieblingsrestaurant?" „Na sicher. Um die Zeit sind wir dort ungestört. Und dann können wir auch was essen und nicht nur Bier trinken."

Als Martin kurz vor sieben ins *Amador* in der Grinzinger Straße kommt, hat Gerhard schon das zweite Bier vor sich stehen. „Entschuldige bitte, ich kam nicht aus dem Büro raus, wir hatten wieder eine ellenlange Diskussion. Aber jetzt erzähl' mal." Gerhard winkt dem Kellner, damit der auch Martin etwas zu trinken bringt, und dann erzählt er von seinem

Dilemma. „I waß net, wie ich anfangen soll, denn es is mir echt peinlich… I hab seit einigen Monaten eine Freundin und die Marion weiß nichts davon. Vielleicht ahnt sie was, aber ich möchte nicht, dass sie davon Wind kriegt.“ „Bis du deppert, du machst eure Ehe kaputt!“ Martin Binder ist entsetzt. „Nein, ich will ja die Marion nicht verlassen. Das mit Luisa ist eher a Schnackselg'schicht. Und da fängt auch das Problem an. Ich hab‘ zunehmend Schwierigkeiten, mich mit ihr zu verabreden, ohne dass Marion was mitbekommt. Könnte ich dich mal ab und zu als Alibi benutzen, indem wir zum Beispiel sagen, wir gehen zusammen zum Sport?“ „Also, ganz ehrlich, da fühl ich mich gar nicht wohl dabei. Was soll ich denn Christa sagen?“ „Na das Gleiche. Du darfst dann nur nicht ans Telefon gehen, wenn wir eine Zeit ausmachen. Dann merkt keiner was.“ „Also echt, du hast an Vogel? Was kann ich dafür, dass du so schwanzgesteuert bist? Geht bei euch z‘haus nix mehr oder was?“ Der Schlag hat gesessen, aber das muss er jetzt aushalten. „Na, sagen wir mal so: Wir schlafen meist noch im selben Bett, aber wirklich spannend ist des nimmer. Bei dir denn?“ „Ja, ich bin eigentlich ganz zufrieden und i glaub, die Christa auch. Also i könnt des net, da tät‘ ich mich sicher gleich verraten.“ „Glaub mir, darin kriegt man mit der Zeit Routine. Aber wie gesagt, i möchte ja net, dass Marion was rausbringt. Könnten wir mal am Wochenende was z'samm mach'n?“ Jetzt reicht es Martin, da kann er nicht mitmachen. „Na, ganz sicher net. Des is mir zu heikel. Zwei, drei Stunden Sport, von mir aus, aber mehr geht net.“

Der Kellner unterbricht sie: „Haben die Herren schon was zu essen ausgesucht?“ Gerhard bestellt

Jakobsmuscheln und Martin wählt den Seehecht. „Möchten's a Glaserl Grünen Veltliner dazu?" „Na, i bleib beim Bier", sagt Gerhard und Martin nickt, „i a."

Beim Essen fragt Gerhard dann ganz konkret: „Martin, können wir uns nächsten Mittwoch von 18 bis 20 Uhr zum Sport verabreden?" „Na gut. Wenn's unbedingt sein muss. Aber des mach' ma jetzt net jede Woch'n." „Na, aber vielleicht jede zweite", grinst Gerhard. „Du Schwerenöter, hast eigentlich a Bild von, wie heißt sie, Luisa?" Gerhard zückt sein Smartphone und zeigt ihm ein paar Fotos. Martin pfeift durch die Zähne: „Na ja, Geschmack hast du. So a blondes Hascherl. Ist sie gut im Bett?" „Das kannst du laut sag'n."

Der Kellner bringt die Rechnung, und Gerhard zahlt schweren Herzens mit Karte. Er betrachtet es als Investition in die Beziehung mit Luisa, obwohl er nicht weiß, wie lange er sich das noch leisten kann. Beim Verabschieden sagt er zum Schluss: „Vielen Dank Martin, ich tu' dir auch mal einen Gefallen. Und vergiss nächste Woche Mittwoch nicht, die Sporttasche mitzunehmen."

11.

Marion hat in der letzten Zeit ihre sozialen Kontakte zu sehr vernachlässigt. Immer wieder findet sie Ausreden, um Einladungen abzulehnen. Sie selbst ruft schon lang niemanden mehr an. Die Treffen mit Freunden und Bekannten kosten oft nicht nur Geld, sondern sind auch zeitaufwändig. Meistens wird in diesen Runden ausgiebig über Urlaube berichtet, über großzügige Extras, die wieder angeschafft wurden oder darüber, wie toll es in den diversen Ehen läuft. Und ehrlich gesagt, hat sie ganz andere Dinge im Kopf als Kaffeetratsch. Als aber ihre Freundin Doris anrief, um sie zu ihrer Vernissage einzuladen, hatte sie zugesagt. Das interessiert sie doch, und ein bisschen Abstand sollte ihr auch guttun. Die Kinder machen heute einen ganztägigen Schulausflug. Marion genießt den freien Tag und geht zuerst ein wenig schaufenstershoppen und dann zur Vernissage.

Die Ausstellung ist noch interessanter als erwartet. Doris hat sich in ihrem Malstil stark weiterentwickelt. Die ausdrucksvolle Farbgebung fasziniert Marion. *‚Es muss nicht immer gegenständlich sein. Abstrakt hat auch was‘,* denkt sie und versinkt fast in der mindestens zwei Quadratmeter großen Fläche mit der angedeuteten Spirale aus einer genialen Mischung aus Rot, Violett, Weiß und Gold. Sie wird förmlich in das Bild gezogen. Es passiert ihr seit einiger Zeit öfter, dass sie für kurze Momente komplett wegdriftet. Dies ist so einer, und sie wirkt sichtlich verwirrt, als die Künstlerin sie anspricht: „Hey, das Werk ist aber ganz nach deinem Geschmack, so wie du es studierst!“ „Wieso,... äh,... ja! Großartig, die Farbzusammenstellung!“, stottert sie. „Geht’s dir nicht gut?

Du siehst blass aus“, erkundigt sich die Freundin. „Nein, alles gut! Ich bin nur a bisserl müde, und das Gemälde hat mich eben total in den Bann gezogen. Wirklich eindrucksvoll!“, lenkt Marion ab. „Soll ich es für dich als verkauft markieren? Mach ich gern für dich!“ Doris zwinkert mit dem linken Auge und unterstreicht das Angebot mit einem Lächeln. Dabei drückt sie der potenziellen Interessentin ein Glas Sekt in die Hand. Marion hat das Preisschild mit der Aufschrift *„Entspannung pur“ / € 1.450,00* längst im Blick und kontert unauffällig: „Das wär‘ schön, Doris! Ich würde es sofort nehmen. Trifft genau meinen Geschmack. Das Problem ist nur die Größe. Das passt im ganzen Haus nirgends hin. Der Gerhard fragt mich, ob ich was im Schüsserl hab‘, wenn ich mit dem Kunstwerk antanz‘.“ Das versteht Doris natürlich, und beide lachen ausgelassen.

Nach eineinhalb Stunden Kunstgenuss, zwei Kaffee und dem Glas Spumante verabschiedet sich Marion und steigt in ihren roten Polo. Sie ist nicht sicher, welchen Weg sie nehmen soll, weil in der Gegend derzeit einige Umleitungen bestehen, also schaltet sie zur Sicherheit das Navi ein. *‚Na gut, dann eben über die Atzgersdorferstraße. Kleiner Umweg, aber was soll's‘,* denkt sie, und los geht's. Die Frühlingssonne schickt ein angenehmes Licht und ein paar fühlbar wärmende Strahlen durch die Seitenscheibe. Marion versucht, die verbleibende Zeit allein in ihrem Wagen zu genießen, bevor zu Hause der erfrischende Zauber wieder vorbei ist und die ewigen Diskussionen ihren Raum einnehmen.

An der großen Kreuzung bei besagter Straße kommt sie als erstes Auto an der roten Ampel zum Stehen. Im Radio säuselt leise Schlagermusik, als das

Verkehrslicht auf Gelb springt und die Grünphase ankündigt. Sie sieht vom anderen Ende der Kreuzung den Linienbus entgegenkommen und beginnt vorsichtig zu beschleunigen. Sie ist die Geradeausfahrende, der Bus würde links abbiegen. Während sie das Gaspedal betätigt, geht plötzlich alles wie in Zeitlupe, und sie weiß später die genaue Reihenfolge nicht mehr. Hat sie zuerst nicht mehr auf die Straße gesehen, weil alles herum weiß war? Oder hat sie zuerst das Folgetonhorn wahrgenommen? Sie glaubt, es war zuerst die Sirene, denn sie nimmt gleich den Fuß vom Gaspedal und versucht zu erkennen, von wo das Geräusch kommt. Sie sieht aber nichts, und gefühlt im selben Moment – rundherum alles unklar weißlich und … der Knall mit dem schweren Ruck nach rechts! Dann Stille.

Ein kurzes Innehalten: *‚Was war das?... Scheiße, ich hab‘ einen Rettungswagen gerammt! Von wo ist der nur gekommen? … Es tut nichts weh? Kann das sein?... Feuer! Hier riecht‘s nach Feuer!‘* Geistesgegenwärtig öffnet sie das Fenster und der Qualm kann entweichen. Jetzt wird ihr bewusst, dass im gesamten Fahrzeug die Airbags ausgelöst haben. Daher der Brandgeruch. Überall hängen Fetzen herunter und es raucht. So etwas hatte sie noch nie gesehen! Sie will raus!

Der Fahrer des Linienbusses hatte prompt reagiert und mit dem großen Gefährt die Kreuzung abgesperrt, sodass andere Autos nur ganz langsam seitlich vorbeikommen. Der Kreuzungsbereich ist also abgesichert. Jetzt eilt er zum Unfallwagen und öffnet die Tür. Alles geht zum Glück ganz leicht. „Sind Sie verletzt?“, war seine erste Frage. „Ich weiß nicht. Oh, doch! Die Hand“, stammelt sie, als sie den Schmerz auf ihrer linken Handfläche wahrnimmt. Verdutzt blickt sie auf die verletzte Stelle. Ein Mittelhandknochen ist gut sichtbar verschoben, und die Stelle schwillt langsam an. Sie muss gegen das Lenkrad geknallt sein. Das hatte sie gar nicht gespürt. „Aber sonst ist alles ganz, glaub‘ ich.“ Vorsichtig steigt sie aus, und der freundliche Helfer führt sie zum Bus, wo er sie auf die Rettung und die Polizei warten lässt. Als sie sich umdreht, sieht sie ihren zerstörten Polo mit der herunterhängenden Front, der bereits von mehreren Feuerwehrmännern gesichert und geborgen wird. Sie erkennt, dass der Kontrahent einen Notarztwagen fuhr. „Um Gottes Willen! Ein Notarztwagen! Ist da jemandem was passiert? Ich hab‘ den nur gehört. Ich hab‘ nix gesehen! Der war auf einmal da!“, brabbelt sie aufgeregt nach ihrer Erkenntnis. Aber der Busfahrer beruhigt sie schnell: „Liebe Frau, da können Sie nix dafür. Die Wahnsinnige ist mit mindestens 70 Sachen in die Kreuzung geschossen. Schaun’s, wo der Wagen steht, das sind bestimmt 50 Meter hinter ihrem! Und sie hat viel zu spät das Signal gegeben, das haben alle g’sagt. Machen’s Ihnen keine Sorgen! Hauptsache, Ihnen ist nicht so viel passiert. Und ich glaub, in dem anderen Fahrzeug leben auch noch alle.“ Er versucht, ein beruhigendes Lächeln hinzubekommen. „So, wie die Krax’n ausschaut, waren Ihnere Schutzengerln auf jeden Fall alle parat.“ „Krax’n is gut“, sagt sie mit verzogenem Gesicht, „der Wagen ist grad‘ drei Jahre alt.“

Gerhard verbringt den Tag mit Luisa im Gänsehäufel. Eine Zeitlang liegen sie faul in der Sonne auf der Liegewiese des Freibads. Luisa schwimmt ein paar Runden und fordert Gerhard auf, auch ins Wasser zu kommen. Er hat keine Lust, worauf Luisa ihn mit ins

Nichtschwimmerbecken zieht. Dort albern und balgen sie im Wasser herum. Sie drückt ihn unter die Oberfläche, er gerät in Panik, kommt prustend wieder hoch und stöhnt: „Da wär‘ i jetzt fast ertrunken! Bist du wahnsinnig?“ „Stell di‘ net so aun, du Weichei. Dann komm halt mit auf die Wiese, und wir trinken unser Blubberwasser.“

Luisa füllt die Plastiksektflöten, und sie prosten einander zu. In diesem Moment klingelt Gerhards Telefon. Als Marion ihn anruft und mitteilt, dass sie ins UKH Meidling eingeliefert wird, ist er mit den Nerven am Ende. Er denkt: *‚Gott sei Dank nur die Hand! Des wird wieder. Aber ich muss zu ihr. Sie braucht mich jetzt. Wahrscheinlich kriegt sie einen Gips. Dann kann sie allein nicht viel machen. Das hat uns gerade noch gefehlt! Zum Glück is‘ der Polo wenigstens noch in der Vollkasko!‘*

„Was is’n jetzt scho wieder?“, blafft Luisa ihn an, als Gerhard seine Klamotten schnappt und kurz angebunden antwortet: „Marion hatte einen Unfall und liegt im UKH.“ Fluchtartig verlässt er die schmollende Luisa, fährt sofort ins Spital und bleibt von der Erstbehandlung bis zur Entlassung an ihrer Seite, um seine Frau am Abend sicher heimzubringen. Seine vorsichtige Umarmung hat ihr gutgetan, und sie hat zum ersten Mal seit Langem das Gefühl, dass er ehrlich besorgt ist.

Fast beginnt er, die folgende Zeit zu genießen. Marion ist zwar sehr unzufrieden, weil sie erstens nicht in die Arbeit gehen kann und zweitens Gerhard bei der Gartenarbeit zusehen muss, die sie ansonsten gerne macht. Aber er ist jetzt viel öfter und länger zu Hause, was zur Folge hat, dass viel seltener gestritten wird. Er hat den Kindern sogar Wochenendausflüge mit dem Rad versprochen, was Marion erfreut zur Kenntnis nimmt. Emilia und Marcel werden auch mehr in die Hausarbeit miteinbezogen. Für beide ist es kein Thema, dass sie ihre vorübergehend eingeschränkte Mutter unterstützen müssen. Die Eltern schmunzeln jedes Mal, wenn sie einander an ihre Aufgaben erinnern. Dass nur ja keiner mehr arbeiten muss als der andere, wie das bei Geschwistern eben oft so ist.

12.

Gerhard hat es nicht leicht. Er muss einen Balanceakt hinlegen zwischen bravem, hilfsbereitem Ehemann und aufmerksamem Liebhaber. Dies gestaltet sich mittlerweile zunehmend schwieriger. Marions Unfall ist jetzt eine Woche her, und der Arzt hat den Gips für etwa sechs Wochen verordnet. Es gibt glücklicherweise keine Komplikationen, es ist ein glatter Bruch eines Mittelhandknochens. Trotzdem müsse sie mit einer längeren Rehabilitationszeit rechnen. Heilung braucht Zeit. Das wiederum sieht die Geliebte gar nicht gern. Sie will einfach nicht einsehen, dass Gerhard für eine ungewisse Zeit ihre Treffen auf ein Minimum reduzieren muss. „Gerry, oiso dass du so an Spundus hast vor deiner Oid'n, hätt' i ma nie 'denkt!", blafft sie ihn an. „Was heißt Spundus! Ich hab' doch keine Angst vor meiner Frau. Wie kommst' denn auf so an Blödsinn?" Ungläubig sieht er sie an. Er möchte ihr so gern erklären, was in ihm vorgeht, aber wenn sie so eine Meinung von ihm hat, ist das eigentlich sinnlos. „Ja, dauernd bist du z'aus und schlawenzelst um sie herum, und i kann mi inzwischen brausen!", wirft sie ihm vor. Jetzt wird auch sein Ton etwas fester: „Und wie stellst du dir das vor? Nimm einmal an, du hättest eine Gipshand oder sonst eine Einschränkung. Würdest du dann alles allein machen wollen und können? Du wärst doch auch dankbar, wenn du Hilfe zu Hause hättest." „Danke, Gerry, des hab i jetzt 'braucht. Sag bloß, wenn i die Hand 'brochen hätt, wärst du bei mir und tät'st mich unterstützen? Weißt' eh, wem'st des erzählen kannst! Des glaubt dir ka Mensch!" Luisa kommt jetzt richtig in Fahrt, und Gerhard gibt immer mehr Kontra. „Also jetzt sei net unfair, Lu, ich bin immerhin verheiratet und hab auch eine Verantwortung. Natürlich könnte ich deswegen nicht die ganze Zeit bei dir sein. Aber ich denk, deine Eltern würden schon auf dich schauen.“ Einen so scharfen Blick hat er bei Luisa noch nie gesehen. Sie ist echt verletzt und grantig. „Ja, bitte, dann geh doch zu ihr und bleib glei‘ dort! Wenn dir des so wichtig is‘, dann weiß i eh, wie des weitergeht. Mit uns wird’s immer weniger und dann gibst‘ mir den Weisel.“ „Ich will nicht Schluss machen mit dir! Aber die nächsten Wochen müss‘ ma noch durch. Bitte, Lu, Schatzi!“ „Schleich di mit Schatzi, des kannst‘ da g’halten!“

Gerhard erkennt die Ausweglosigkeit, schnappt sich wütend seine Jacke und verlässt die Wohnung im 17. Stock. Zurück bleibt eine schwer enttäuschte Luisa Strasser, die sich diese Beziehung anders vorgestellt hat. „Du muaßt net glei‘ abhau’n!“, ruft sie ihm noch nach, aber er hört es nicht mehr. „Scheiße, Scheiße, Scheiße! Blödes Arschloch!“, schreit sie so laut, dass es wahrscheinlich auch die Nachbarn hören, dann wirft sie sich bäuchlings auf ihr zweimal zwei Meter Bett und trommelt mit den Fäusten in die Tuchent.

Gerhard schlüpft in seinen Porsche und bleibt ein paar Minuten still hinter dem Lenkrad sitzen. *‚Um Himmels Willen, was für ein Schlamassel! Jetzt beruhigt sich meine Angetraute, zumindest ein bisschen, dafür dreht jetzt meine Freundin durch. Das kann doch alles gar nicht wahr sein. Bitte, wann wach ich auf aus diesem Alptraum?‘* Er reißt sich zusammen und fährt nach Hause. Gerhard hofft, dass Marion und die Kinder nichts von seiner Aufregung merken.

Marion will wie immer sofort wissen, wie es beim Kundentermin war. Da wittert Gerhard seine Chance, seine Aufregung nicht verstecken zu müssen. „Das glaubst du nicht, Marion. Der hat mich versetzt. Erst hat er einmal angerufen und gesagt, es wird später. Ich hab‘ gewartet und gewartet. Und wie ich ihn fragen wollte, wie lang es noch dauert, war er nimmer erreichbar. Der kann sich von mir noch was anhören, das sag ich dir!“ „Geh, wer weiß, vielleicht ist dem was passiert und der kann gar nix dafür. Warum hätte er sonst einmal angerufen?“, verteidigt sie den Fremden. „Hm, daran hab‘ ich gar nicht gedacht. Ich mein, weil er plötzlich nimmer erreichbar war. Des is doch net normal.“ „Eben.“ Gleichzeitig mit Marions Antwort brummt Gerhards Handy. Es ist eine WhatsApp Nachricht. Ihm wird heiß, und er spürt, wie ihm die Röte ins Gesicht steigt, denn er ahnt schon, wer die Absenderin sein wird. Er nimmt das Telefon aus der Hosentasche und sagt: „Na, wenn der das jetzt ist, dann werden wir gleich wissen, was war.“

Gerhard setzt sich an den Esstisch und sieht nach seiner Nachricht. Er hatte recht, sie ist von Lu.

Gerry, Süßer! Tut mir leid, dass ich so grob war! Ich weiß eh, dass das alles schwer ist für dich, aber immer so lang allein sein, is auch für mich net lustig. I tät mir nur so sehr wünschen, dass du dich endlich für mich entscheidest. Ich könnt dir auch finanziell helfen, das weißt du. Überleg’s dir! Simma wieder gut? Bussi

„Und, was schreibt er?“, fragt Marion, mehr als neugierig. *‚Jetzt nur noch eine gute Antwort finden‘*, denkt Gerhard und atmet tief durch.

13.

Seit einer Woche ist Marion den Gips los. Die Decke fällt ihr auf den Kopf, weil sie schon viel zu lang im Krankenstand ist und sich schonen soll. Manchmal muss sie sogar noch Schmerzmittel nehmen, die Bandage braucht sie sicher noch eine Weile. Der einzige Lichtblick ist ihr Garten. Den kann sie dank ihrer Probleme jetzt mehr als sonst nützen. Wann hat sie sonst schon Zeit, einfach draußen zu sitzen und das herrliche Grün und den Pool zu genießen?

Ihre Chefin hakt heute schon zum dritten Mal nach, wie lang es denn noch dauern wird. In der Boutique würde jede Hand gebraucht. *‚Wie sinnig'*, denkt Marion, *‚Meine gesunde Hand würde also schon reichen'.* Sie schüttelt den Kopf und sagt genervt zu, nächste Woche wieder zu beginnen.

Kaum ist das Gespräch beendet, erklingt erneut *‚Despacito'* auf ihrem Handy, Nicoles Foto erscheint auf dem Display. „Hallo, Schwesterherz, was gibt's?", fragt sie und wundert sich über den aufgeregten Tonfall der Anruferin. „Servus, Marion, ich muss dir unbedingt was erzählen. Kann ich kommen? Ist der Gerhard eh nicht zu Hause? Den brauchen wir dabei nicht." „Nein, der ist im Büro. Warum? Was ist so dringend?" „Sag' ich dir, wenn ich da bin. Bis gleich!" Und schon hat sie aufgelegt. Marion, ohnehin nicht gerade in Hochstimmung, beginnt zu grübeln: *‚Was ist jetzt wieder los? Warum soll Gerhard nicht da sein, wenn sie mir etwas erzählt? Ich mag diese Geheimniskrämerei gar nicht.'*

Als Nicole zwanzig Minuten später eintrifft, ist Marions Unruhe zu sichtbarer Nervosität mutiert, und sie hat ein Weinglas in der Hand, gar nicht typisch für sie um diese Tageszeit: „Sag schon, was ist denn passiert? Das hört sich irgendwie nicht gut an!“ Nicole weiß nicht, wo sie anfangen soll. Sie will keinen Keil zwischen die Eheleute treiben, aber das, was sie gesehen hat, kann sie auch nicht für sich behalten. Sie würde wahrscheinlich daran ersticken oder es würde ihr zumindest schwer im Magen liegen bleiben. Sie liebt ihre Schwester und will ihr nur helfen, also beginnt sie zu erzählen: „Also gut, Marion, ich schleppe das schon einige Zeit mit mir herum, aber wie ich es auch drehe und wende, es bleibt immer zweideutig, was ich beobachtet habe.“ „Du machst es aber spannend, Nici! Hör auf damit und red‘ endlich!“ Sie nimmt einen großen Schluck vom Grünen Veltliner und geht auf die Terrasse, wo sie ihrer Schwester einen Platz anbietet. Nicole setzt sich, und dann nimmt sie ihre ganze Kraft zusammen und legt los: „OK, es war vor zwei Wochen am Donnerstag, am frühen Nachmittag, so gegen zwei. Da war ich in der Innenstadt einkaufen. G’funden hab‘ ich eh nix, aber wurscht... Jedenfalls geh ich bei der Aida vorbei, weißt eh, bei der Kärntnerstraße.“ „Ja, kenn‘ ich. Die Konditorei, wo alles zuckerlrosa ist, die Deko, die Möbel, die Wände. Alles.“ „Ja, richtig, und genauso zuckerlrosa war die junge Frau, die dort mit dem Gerhard an einem Tisch gesessen ist. Mich hat’s richtig g’rissen.“ „Was heißt, die war rosa?“, fragt Marion verwirrt. „Wie ich es sag, mit ihrem knallrosa Pulli, dem Glitzerhalstuch und der weißen Hose hat sie so gar nicht zu Gerhard gepasst, der einen eleganten Dreiteiler angehabt hat. Vielleicht weißt du ja noch, was er an diesem Tag sonst vorhatte.... Zuerst hab‘ ich noch gedacht, vielleicht arbeitet die da. Das Personal ist auch in rosaweißer Kluft. Aber das kann nicht sein, da hätte sie ja irgendwann was tun müssen. Die haben aber miteinander Kaffee getrunken und Mehlspeis‘ gegessen.“ Sie lässt Marion jetzt nicht zu Wort kommen, sie ist im Fluss: „Mein erster Impuls war also, ich geh hin und begrüß‘ den Gerhard, mit ‚Hallo, Schwager‘ und Umarmung und so. Aber dann hab‘ ich mir gedacht, nein, ich schau‘ lieber einmal, was da abgeht und halt‘ mich im Hintergrund. Es hat mich nämlich gleich stutzig gemacht, dass die zwei sich nicht gegenübergessen sind, sondern nebeneinander, und das ziemlich eng. Ich mein, ich bin bei Geschäftstreffen zu zweit immer vis-à-vis gesessen, das gehört sich doch, oder? Aber die hat ihn regelrecht angeschmachtet. Dann ist sie sich dauernd mit den Händen ganz kess durch die blonden Haare gefahren.“ Jetzt unterbricht Marion doch: „Was, blond? Wie hat die ausgesehen?“ „Pfff, so ein schlankes Pupperl halt, höchstens dreißig Jahre, aber allerhöchstens! Blonde Haare, etwa so lang wie deine, leicht gelockt. Die rosaroten Lippen haben bis zu mir geleuchtet. Und wie gesagt, recht tussig gekleidet.“ Marion erstarrt innerlich, fällt ihr dazu doch sofort die Szene am Christbaummarkt ein. Die hat sich abrufbereit in ihrem Hinterkopf abgespeichert. Die Beschreibung passt haargenau auf dieses aufgetakelte Etwas von Wohnungskäuferin. Sie gibt sich große Mühe, die Fassung zu bewahren und hakt nach: „Und, haben sie sich umarmt oder geküsst oder irgendetwas Eindeutiges gemacht?“ „Naja, nein, eigentlich nicht. Zumindest nicht, solang ich da war. Aber das ganze Drumherum, wenn du mich fragst… sehr verdächtig. Nach gefühlt einer halben Stunde bin ich gegangen. Da waren die noch nicht fertig. Es war wirklich beschämend, du hast mir richtig leidgetan in dem Moment! Ich bin jedenfalls froh, dass ich es dir erzählt hab'." „Hm, ja, Nici, das ist lieb von dir. Ich werd' halt in nächster Zeit ein bisserl aufmerksamer sein. Wenn mir was in der Richtung auffällt, dann sag' ich es dir. Bis dahin verplapper' dich bitte nicht!" „Wie? Willst du nicht gleich mit ihm reden? Das versteh' ich nicht. Das schreit förmlich nach Rechtfertigung!" „Nein, das ist zu dünn. Da redet er sich nur raus auf eine Geschäftsjause. Manche Frauen sind halt so aufdringlich, das hat er mir schon erzählt. Und blonde Weiber gibt's auch wie Sand am Meer. Es braucht um einiges mehr, wenn es etwas zu beweisen gilt."

Als ihre Schwester weg ist, schenkt sie sich noch einmal ordentlich nach und trinkt rasch aus. Wenn die Kinder nach Hause kommen, muss das Glas wieder im Schrank stehen.

14.

Nicoles Schauermärchen von Gerhard und der rosa Glitzerfee hat sich Marion ins Gedächtnis gebrannt. Auch, wenn sie anfangs gar nicht viel darauf gegeben hatte, ertappt sie sich jetzt immer öfter dabei, Verhalten und Reaktionen ihres Mannes aufmerksamer zu verfolgen. Es sind vor allem die kleinen Dinge im Tagesablauf, die sich manchmal scheinbar unmerklich verändern. *‚Wozu nimmt er jetzt plötzlich sein Handy aufs WC mit? Das ist neu…‘*. Oder ist es ihr bisher nur nie aufgefallen? Das lässt sich so genau nicht sagen. Sie spricht den Delinquenten aber auch nicht darauf an.

Als Gerhard zum ersten Mal beim Telefonieren auf die Terrasse geht, wirft ihm seine Angetraute nur einen skeptischen Blick hinterher. Und er hat das Gerät jetzt auf ‚Lautlos‘ gestellt. Nur auf seiner Smartwatch kann er sehen und spüren, wenn jemand anruft. Früher hat er das Telefon oft auf dem Tisch liegen lassen, nun verschwindet es immer gleich in der Hosentasche. Je mehr Marion ihn beobachtet, umso mehr fällt ihr auf. Manchmal denkt sie, dass sie sich damit nur selbst verrückt macht. Das sind alles Dinge, die ihr vielleicht erst jetzt auffallen und vielleicht gar keine Bedeutung haben. Es ist nicht unmöglich, dass sie sich das alles nur einbildet. *‚Hätte Nici nichts gesagt, wäre ein Handy in der Hosentasche wahrscheinlich heute noch kein Parameter für einen Fehltritt‘*, denkt sie, während sie die Schmutzwäsche sortiert und ihre Hände zur Sicherheit in allen Kleidungsstücken nach Gegenständen suchen, die nicht in die Waschmaschine sollen. Nur sie allein weiß, dass sie nicht nur nach Taschentüchern sucht.

Zum Schluss stellt sie fest, dass sie nicht einmal ein solches gefunden hat.

Als Gerhard sich mit seiner Sporttasche in der Hand von ihr verabschiedet: „Tschüss, bis später, Marion! Bin dann beim Squash mit Martin“, schleicht sich der nächste Misstrauensgedanke ein. *‚Seit er öfter mit seinem Freund sportelt, hat er tatsächlich abgenommen. Wann hat das eigentlich angefangen? Die haben sich doch früher eher unregelmäßig getroffen.‘* Eine Viertelstunde lässt sie vergehen, da könnten sie gerade in der Umkleide sein. Dann kann sie nicht mehr anders. Sie ruft ihn an, mit der Ausrede in petto, er solle doch Martin fragen, ob er und Christa am Wochenende zum Essen kommen wollen. Es gäbe Schweinsbraten und Knödeln. Als Marion aber von der Mailbox begrüßt wird, schwirren wieder die Fragezeichen durch ihren Kopf. *‚Na warte!‘*, denkt sie und ruft sogleich bei Christa an. „Ja! … Oh, du bist es! Hallo, Marion, schön dich zu hören. Was gibt's?“ Jetzt holt Marion ihre Ausrede aus der gedanklichen Schublade: „Ich wollte gerade den Gerhard anrufen, dass er Martin fragen soll, ob ihr am Wochenende zum Essen kommen möchtet. Aber er ist nicht mehr erreichbar, scheinbar sind sie schon in der Halle.“ „Ja, bestimmt. Der Martin ist vor zwanzig Minuten los. Die schwitzen sicher schon“, antwortet Christa. Die Einladung muss jetzt aber stehenbleiben, auch wenn sie etwas teuer wird. „Und, wie schaut es aus? Habt ihr am Wochenende schon was vor? Spontane G'schichten sind immer die schönsten, find‘ ich.“ Christa nimmt ihren Kalender zur Hand und meint: „Ja, Sonntag würde gehen, also in vier Tagen, aber erst am späten Nachmittag. Was gibt es denn Gutes?“ „Ich hab‘ mir gedacht, ich müsste wieder einmal einen knusprigen Schweinsbraten machen, mit meinem Knödelmix. Weißt eh, Semmelknödeln, Erdäpfelknödeln und für die Feinspitz' a paar Waldviertler." „Mei, Marion! Dein legendärer Braten! Da kann ich schon einmal nicht nein sagen. I ruf di' no' amal an, wenn der Martin zurück ist. Ich glaub' net, dass der was vorhat. Beim Sport ist er ja schon heute."

Marion nimmt ihr Handy vom Ohr und ist ziemlich down. Ein Mix von schlechtem Gewissen und Ärger über ihre unüberlegte Einladung überfällt sie. *‚Na das hab' ich notwendig gehabt! Schon wieder eine unsinnige Beschuldigung, und jetzt muss ich ihm auch noch die Einladung beichten. Da bin ich ja gespannt, wie er reagiert.'*

Drei Stunden später kommen beide Herren geschafft nach Hause, Gerhard frisch geduscht, von einem angenehmen Hauch seines Duschgels umweht. Auch wenn alle Zweifel für den Moment wieder ausgeräumt sind, wundert sich Marion doch ein wenig über diese Lappalie. Sie übergeht den Punkt aber und kommt gleich zum entscheidenden: „Hast du gesehen, dass ich angerufen habe?" „Ja, warum? War was Wichtiges? Hab' ich was vergessen?" „Nein, nein, ich hab' nur eine Eingebung gehabt und wollte dich fragen, ob du nicht Martin und Christa fürs Wochenende zum Essen einladen möchtest." „Hm, du hast ja Ideen. Groß aufkochen geht sich gerade gut aus, oder wie?", entfährt ihm die zynische Spitze. „Ja, ich weiß, da hab' ich kurz nicht dran gedacht. War halt eine plötzliche Eingebung", rechtfertigt sie sich. „Dann lassen wir es bei der spontanen Idee und machen das ein anderes Mal, ja?", schlägt Gerhard vor.

Sofort fällt ihm Marions Denkpause auf, und er sieht sie fragend an. Sie beißt sich verlegen auf die Lippen und gibt dann kleinlaut zu: „Das… das geht nimmer. Ich hab‘ dann halt gleich die Christa angerufen und sie selber eingeladen.“ Jetzt macht er eine Denkpause, atmet schwer ein und mit einem starken Luftstrom wieder aus. Er hätte am Sonntag etwas anderes vorgehabt, das kann er jetzt vergessen.

Währenddessen spielt sich im Hause Binder Folgendes ab:

Martin geht zuerst ausgiebig duschen und gibt seine Sportsachen in die Wäschetonne. Für das Fitness Center könnte er eine eigene Zentrifuge brauchen, so verschwitzt ist er jedes Mal. Wieder gesellschaftsfähig, setzt er sich zu Christa auf die Couch und gibt ihr einen Kuss. „Du, Schatzi, stell dir vor, die Marion hat vorher angerufen“, flüstert sie fast. Leichte Panik steigt in ihm auf. *‚Ich hab’s gewusst! Das kann ja nicht gutgehen. Jetzt ahnt sie schon was‘,* denkt er, sagt aber zu seiner Frau: „Ach, die Marion, so ein Zufall. Was wollte sie denn?“ „Sie hat uns für Sonntag zum Essen eingeladen. Und sie macht ihren mega, super, tollen Schweinsbraten!“, schwärmt sie, sehr bemüht, nicht zu sabbern. Im tiefsten Inneren beruhigt, setzt Martin fort: „Aber nicht mit den herrlichen Knödeln in drei Variationen?“ „Doch!“ Der Sonntag ist somit fix. Sie freut sich sehr, auch darauf, dass sie Gerhard wieder einmal sehen wird und ruft wie versprochen bei Marion an.

15.

Major Alois Schmalzl von der Wiener Kriminalpolizei nimmt sich seit Langem mal wieder ein paar Überstunden, weil gerade kein schwieriger Fall am Tisch liegt. Schon seit Monaten hat er sich für ein neues Auto interessiert. Seine Frau Uschi hatte letztes Jahr im Urlaub am Gardasee ein Saab Cabrio gesehen und war ganz vernarrt darin gewesen. Das hatte Alois zum Anlass genommen, sich näher für die nicht mehr hergestellten Fahrzeuge von Saab zu interessieren. Er hatte viel gelesen und hunderte Anzeigen angeschaut. Bei einem Mordfall vor zwei Wochen traf er bei einer Befragung zufällig auf ein Mitglied des Saab Clubs Österreich, das ihm den Tipp gegeben hatte, dass ein 86-jähriger Club-Kollege sein 900er Cabrio verkaufen wolle. „Bestellen's ihm an schönen Gruß von mir, vielleicht haben's Glück, und ihr kommt z'samm."

Alois hatte den Mann angerufen und der beschrieb ihm sein Auto in den schillerndsten Farben. Saab 900 Turbo, 160 PS, Baujahr 1996, rot mit schwarzem Verdeck, 117.000 Kilometer, rote Lederausstattung, Sitzheizung, Radio, Tempomat, und, und, und. „I hab des Auto damals neu 'kauft und immer nur im Sommer angmeld't und g'fahren. Der steht bei mir immer in der Garasch' und sieht aus wie neu", hatte Franz Mehlhuber mit zittriger Stimme am Telefon erläutert. „Aber seit zwei Jahr'n fahr i kaum noch und drum is' besser, i verkauf ihn jetzt an' Liebhaber, bevor meine Erben des Schätzchen verschleudern." Er hatte ihm einige Fotos geschickt und Alois war hingerissen.

Um 8 Uhr morgens sitzt er im Zug nach Eisenstadt, wo Herr Mehlhuber wohnt. Sie hatten sich für heute verabredet und Alois war mit 26.000 Euro in bar in der Tasche unterwegs gewesen. Der Preis war nach kurzer Diskussion festgesetzt. Vom Bahnhof ist es nicht weit zur Lobzeile, in der Herr Mehlhuber lebt. Er hat das Auto schon vor die Garage gestellt, und das rote Schmuckstück strahlt in der Sonne. Alois denkt, *‚des is a Zuckerl, das die Uschi lieben wird und ich seh' jetzt schon ihre leuchtenden Augen.'*

Nach einem kurzen Gespräch gehen die beiden Männer ins Haus, Herr Mehlhuber hat einen Kaufvertrag und alle Fahrzeugunterlagen vorbereitet. Alois zählt ihm das Geld vor, und dann nimmt er den Schlüssel und steigt in seine neue Eroberung. Auf dem Weg zurück nach Wien denkt er, *‚so jetzt fahr i schnell zur Zulassungsstelle, melde das Auto um, und dann hol' i mei' Uschi für a kleine Spritztour ab.'*

Kurz vor Mittag kommt er frühzeitig nach Hause und Uschi fragt: „Was is'n los? Gibt's ka Arbeit mehr für di' bei der Polizei?" „Na, heut' net. Hab' mir frei genommen bei dem schönen Wetter, und wollt mit dir a bissi in' Wienerwald fahren. Komm, zieh dir was G'scheit's aun, und dann geht's los." „Wart' a bissi, da muss i der Gerlinde absagen, mit der wollt i mi nachher treffen. Oder soll ma die a mitnehmen?" „Na, des muaß net sei. Heit möcht' i mit dir alla' fahr'n." „Was is'n heut für a Tag?" „Der neunte Juni, wieso?" „Ka' Geburtstag, ka' Hochzeitstag, also was treibt di' um?" „Zieh dich an und nimm a Kopftuch mit, dann wirst scho' sehn."

Alois geht mit Uschi von der Leipziger Straße in Richtung Jägerstraße, wo er geparkt hat. Etwa 50 m vom

Saab entfernt sperrt er die Türen mit der Fernbedienung auf, und als sie beim Fahrzeug ankommen, öffnet er zur Überraschung seiner Frau die Beifahrertür und sagt: „Liebste Frau Schmalzl, darf ich Sie zu einer kleinen Spazierfahrt einladen.“ Uschi ist ganz verwirrt, schaut in das rote Cabrio und fragt: „Was soll'n des? Hast du den gemietet?“ „Bitte, setz dich mal in die feinen Ledersessel und frag net so viel.“

Sie steigt tatsächlich ein, er geht auf die Fahrerseite und setzt sich hinter das Lenkrad. „Jetzt sag schon, was is des für a Auto?“ „Das ist dein neuer Wagen, du hattest doch in Italien letztes Jahr mal von so einem Flitzer geschwärmt.“ „Bist du narrisch! I hab doch a Auto.“ „Des wer‘ ma verkaufen. Du fahrst doch eh nur zum Spaß, ins Büro nimmst immer die Bim und zum Einkaufen kutschieren wir meistens gemeinsam mit meinem. Mit dem Cabrio kannst du dann die wenigen Strecken genießen. Jetzt fahr‘ ma amal in den Wienerwald und nachher führst du mich heim.“ Uschi ist immer noch ganz verdattert und streicht mit den Fingern über die feine Lederpolsterung und das Armaturenbrett. „Des is ja der Wahnsinn, echt, Alois! Du bist immer für a Überraschung gut. Die is‘ dir wirklich gelungen.“ Sie umarmt und küsst ihn stürmisch, und dann schnallen sie sich an und fahren los.

Nach einer dreiviertel Stunde kommen sie beim Landgasthaus Stockerwirt in Sulz an, wo sie einen Tisch im Garten ergattern. Uschi bestellt das faschierte Rehbutterschnitzel mit Erdäpfelpüree und Röstzwiebeln und Alois wählt die Bachforelle mit Eierschwammerln. „Da du zurückfährst, nehm i a Viertel Grünen Veltliner. Was magst du?“ „An gespritzten Apfelsaft, bitte.“ Beide genießen die stilvolle

Bedienung, die herrliche Atmosphäre im Garten und das schmackhafte Essen. Uschi fragt beim Kaffee: „Sag, was hat'n des Auto kost'?" „Du weißt doch Liebste, i bin bei der Kriminalpolizei, und ich darf net über meine aktuellen Fälle mit dir sprechen", grinst er sie an. „Ach geh, jetzt sag schon!" „Nein, das bleibt mein Geheimnis, und i hoff, du lasst mi a manchmal das edle Gefährt steuern."

Als sie wieder zum Auto zurückkommen, schaut Uschi auf die Nummerntafel.

„Sag, was is dir denn da ei'g'falln?" „Wieso, i wollt, dass jeder glei' sieht, dass des dei' Saab is'." „Ja, da wer'ns mi jetz' alle auf der Schaufel hau'm, von wegen WUSCHI 1."

16.

Bei den Baumgartners spitzen sich die Ereignisse zu. Marions Misstrauen wächst stündlich, sie findet aber keine Beweise für die längst vermutete Untreue ihres Gatten. Statt mit ihm darüber zu reden, wird sie immer griesgrämiger und unzufriedener, was sie bereits nicht mehr nur an ihm auslässt, sondern auch an den Kindern. Emilia reagiert besonders sensibel, was Marion nur mehr als Trotz und Auflehnung erkennen will. Das liegt möglicherweise an Marions Alkoholkonsum, der die Wahrnehmung bereits verändert. Marcel wird bald dreizehn, und er leidet anders als seine Schwester, nämlich still in sich hinein. Das ist eigentlich altersuntypisch. Vielleicht reagiert er so, weil er merkt, wie Emilia überall aneckt, und wählt unbewusst die Vermeidungsstrategie. Weil aber beiden Eltern wegen ihrer eigenen Probleme das Schlamassel ihrer Kinder gar nicht bewusst ist, wird wohl kaum ein Psychologe die Gelegenheit bekommen, hier noch rechtzeitig gegenzusteuern. Marions Schwester hat die beiden einmal darauf angesprochen. Fazit: Nicole war die Böse, die Geister an die Wand malt.

Gerhard passt ständig auf, dass er nicht über seine eigenen Lügen stolpert, was ihm immer mehr Stress bereitet. Genau genommen setzt er sogar seine Freundschaft mit Martin aufs Spiel. Die Finanzen bekommt er auch nicht in den Griff. Er spürt, dass Marion ihn deswegen zu verachten beginnt. Was ihn jedoch am meisten schmerzt, ist der doppelte Beschuss zu Hause und bei der Geliebten. Luisa verlangt bei jedem Treffen hartnäckig, dass er zu ihr ziehen und seine Familie verlassen soll. Jedes Mal nach dem Sex fängt sie damit an. Sie zeigt keinerlei Gefühl dafür, was für Gerhard alles damit verbunden wäre. Stattdessen wirft sie ihm Egoismus vor und dass er sie nicht liebe. Ihm wird täglich klarer, dass er dieses Verhältnis schleunigst beenden muss, wenn ihm an seiner Familie etwas liegt. Und das tut es. Wenn er zu sich selbst ehrlich ist, liebt er Luisas Körper und ihre gemeinsamen abenteuerlichen Stunden auf ihrer Spielwiese, sonst nichts. Er ist sogar sicher, dass ihr jugendliches Alter gar keine Rolle spielt, und ihr Reiches-Mädchen-Gehabe fehlt ihm nicht, wenn sie nicht da ist.

Bei den letzten beiden Treffen hatte er bereits angesetzt, ihr das Ende der Beziehung zu verkünden, aber dann doch nicht die richtigen Worte gefunden. Diesmal will er es durchziehen. Diesmal ist Schluss. *‚Ich darf nur nicht mit ihr ins Bett gehen!“,* denkt Gerhard. *‚Sonst wird das nichts!‘*

Er betritt also mit ernstem Gesichtsausdruck die Wohnung. Luisa merkt sofort, dass etwas nicht stimmt: „Gerry, servus, Liebling. Was is‘ los? Du schaust drein wie sieben Tage Regenwetter.“ Dabei lächelt sie verführerisch und will ihn umarmen und nah an sich heranziehen. Gerhard macht einen Schritt zurück, er will sie nicht wegstoßen. Jetzt wird ihre Miene starr: „Gerry, is was passiert? Was is?“ „Ich muss mit dir reden, Lu. Jetzt gleich und nicht nachher, wenn wir aus der Hapf'n steigen.“ Luisa ist nicht das kleine, ruhige Mädchen, das sich still hinsetzt und hören will, was man ihr zu sagen hat. Gleich stellt sie sich in Pose, und ihr Gesichtsausdruck lässt bereits den Ausbruch des Vulkans erahnen. Sie geht auf Angriff über: „Aha! Is‘ des jetzt der Moment, wo du mir sagst, dass‘ aus is‘? So schaust du grad' aus. Jetzt hast kalte Füß', ha? Und du Reisgänger bist sogar zu feig, dass'd no amoi mit mir schlafst." Wie immer wird sie laut, und Gerhard entgegnet scharf: „Mit dir schlafen kann i sowieso net. Geht eh grad' nix. Bei dir net und bei der Marion genauso wenig. Der ganze Stress mit euch schlagt sich schon auf meine Potenz. Ich kann nimmer und ich will nimmer!" Diese Aussage stoppt sogar Luisas Redefluss für kurze Zeit. „Jetzt bist baff, gell!", sagt Gerhard leise. „Schau, Luisa, Puppi! Das mit uns hat keinen Sinn. Wir machen nur unser Leben kaputt. Ich, weil ich meine Familie verlier, und du, weil du mit mir altem Sack auf ein Leben wartest, das es nie geben wird." „Hoit bloß die Papp'n mit Puppi und so! Des passt besser zu einer Liebeserklärung als zu dem Scheiß, den du da von dir gibst! I sag dir jetzt was! Wenn du jetzt gehst, dann wird dir des leidtun!", schreit die Verschmähte, ohne zu bedenken, dass durch die offenen Fenster jedes ihrer Worte in der Nachbarschaft deutlich zu vernehmen ist. Gerhard versucht sich wenigstens noch zu verabschieden: „Luisa, du weißt schon, dass es für mich sehr schön war mit dir. Ich möchte' keine Sekunde missen." „Dann bleib da!" Die Tränen kullern ihr über die zornesroten Wangen. Aber Gerhard bleibt eisern, dreht sich um und verschwindet durch die Tür. Ihr verzweifeltes, verheultes „I bring di' um, du Oasch! Du wirst scho' seh'n!", hört die Frau Nachbarin klar und deutlich. Sie überlegt, ob sie das irgendwo melden muss. *‚Immerhin is' des ja a gefährliche Drohung oder so!'*, lässt es aber schließlich bleiben: *‚Ma' will es sich ja mit den Nachbarn net verderben!'*

17.

Auf dem Heimweg im Auto versucht Gerhard sich in Luisas Gedanken zu versetzen. ‚*Ich bin sicher, dass sie mich wirklich liebt und dass sie natürlich sehr gehofft hat, dass ich mich irgendwann für sie entscheide. Wieso hab‘ ich mich überhaupt auf dieses Techtelmechtel eingelassen? Es war mir nie wirklich ernst. Es war schön mit ihr zu bumsen, es war auch manchmal ganz nett, mit ihr zu plaudern und ihre spontane, oft witzige Art mochte ich auch. Aber jetzt werd‘ ich mich wirklich wieder mehr um Marion und die Kinder kümmern.*‘

Da klingelt sein Telefon und Martin ruft an: „Hallo Gerry, du i hab a Problem. I kann heut net zum Sport. I bin in an Workshop, der sicher bis nach sechs dauern wird. I hoff, du kannst das bei dir noch zurückdrehen.“ „Hallo Martin, gut dass du anrufst. I hab das Gspusi eben beendet. I hab's nimmer ausgehalten und hoff, dass ich unsere Ehe noch retten kann.“ „Da bin i aber froh, i hab dauernd selbst a schlecht‘s G'wissen g'habt wegen dir. Also könn‘ ma ab nächste Woch‘n mal wieder wirklich zusammen zum Sport gehen. Dann erzählst du mir mehr. I muaß jetzt wieder. Ciao mein Lieber, halt die Ohr'n steif.“ „Mach ich, besser die Ohren steif als nix.“

Da fällt ihm ein, dass Luisa geschrien hat, des wird dir no‘ leidtun. ‚*Was, wenn sie bei Marion anruft? Scheiße! I muss es ihr bald gestehen und um Verzeihung bitten. Des wär ja urdoof, wenn sie es von Luisa erfährt.*‘

Als er zuhause zur Tür reinkommt, sieht er sich einer staunenden Ehefrau gegenüber. „Was is los? Gehst heut net zum Sport?" „Nein, Martin hat ka' Zeit, und allein hab i ka' Lust g'habt. Da will ich lieber früher nach Haus' kommen. Wo sind die Kinder?" „Die spielen Federball im Garten. Magst an Kaffee?" „Ja, bitte, das wär nett. Dann zieh ich mich schnell um und schau mal, ob ich mit den Kindern was machen kann. Oder soll' ma zusammen a Radltour machen?" Das Telefon klingelt und Marion geht ran. „Baumgartner! Hallo? Wer is'n da? Hm, einfach aufgelegt." Gerhard bekommt rote Ohren und stürzt die Treppe hinauf.

Als er in Shorts und T-Shirt wieder nach unten kommt, steht ein Becher Kaffee auf dem Küchentisch und ein paar Kekse liegen auch daneben. Sie setzen sich zusammen hin und Marion fragt: „Du schaust irgendwie müde aus. Geht's dir net gut?" „Das kannst du laut sagen. Heut hat wieder ein potenzieller Kunde abgesagt. Jetzt hab' ich grad nur noch einen Pfeil im Köcher. Du weißt schon, die drei Millionen Villa, von der ich dir erzählt hab. Aber der Kunde, Andreas Winkler, hat heut' gesagt, dass er noch mit 'n Ziegleder verhandelt und er weiß no net, ob er den oder mich nehmen soll. Wenn das net klappt, muss ich nächste Woche das Boot verkaufen, damit wir einige Zeit über die Runden kommen." „Ja, des is wohl besser. Nur mit meinem Gehalt, könn' ma uns net amal des Haus leisten."

Nach dem Kaffee geht Gerhard in den Garten. Die Kinder freuen sich und fragen, ob er mit ihnen spielen will. Er schlägt vor, mit dem Rad ein bisschen an die Donau zu fahren. Sie sind einverstanden und Marion fährt auch mit. Unterwegs reden Marion und Gerhard nicht viel, die Kinder plappern dauernd über ihre Schulfreunde, was es wieder in Tik Tok zu sehen gab und dass der oder die ziemlich doof ist.

Nach zwei Stunden sind sie wieder zu Hause und Gerhard schlägt vor, Pizza zu bestellen. „Jaaaa“, rufen die Kids unisono. Marion schaut ihn mit kritischen Augen an und reibt Daumen und Zeigefinger aneinander. „Ach was“, sagt Gerhard, „die paar Kröten bringen uns a net um. Und du siehst, wie die Kinder sich freuen.“

Gerhard ruft beim Pizzaservice an, bestellt auch gleich eine Flasche Montepulciano mit und 20 Minuten später sitzen alle zusammen am Küchentisch. Die Pizzen schmecken hervorragend, Gerhard trinkt gleich zwei Gläser Wein und wird redselig. „So an schönen Nachmittag hatten wir schon lang nimmer, i glaub des sollt ma grad in den Ferien öfter machen.“ Marcel sagt spitzbübisch: „Ja, dann müsstest du aber manchmal früher heimkommen, sonst geht des net.“ „Vielleicht mach ich das auch. Und wenn ihr aus dem Ferienlager zurück seid, könn‘ ma vielleicht a‘ no‘ mal a Tour mit dem Boot machen.“ Marion schaut ihn zweifelnd an und wirft ein: „Wenn das dann noch da is‘.“

Als Gerhard abends ins Schlafzimmer kommt, liegt Marion nackt im Bett und lächelt ihn an: „Lass uns doch den wunderbarsten Abend seit Langem noch schöner beenden.“ Daraus wird dann leider nichts und Gerhard redet sich heraus, dass er wohl zu viel Wein getrunken hat. Marion dreht sich um, schmollt und denkt: ‚*Hat der wohl doch was mit der blonden Tussi?*‘

18.

„Herr Professor Winkler, wollen wir uns jetzt mal wegen des Maklervertrages treffen?“, fragt Erwin Ziegleder am Telefon. „Was wollen Sie mir denn vorschlagen?“ „Nun, Sie haben gesagt, dass Sie Ihre Villa für drei Millionen Euro verkaufen wollen und das möglichst schnell, oder?“ „Ja, so dachte ich mir das.“ „Na, ja, bei solchen Dimensionen ist die Zahl der möglichen Interessenten sehr begrenzt, da muss ich erst schauen, wen ich da als besten Käufer für Sie finden kann.“ „Na, wenn Sie damit ein Problem haben, dann nehm‘ ich lieber einen Makler, bei dem ich das Gefühl habe, dass der solche Kunden in seinem Archiv hat. Hab da schon mit jemand gesprochen. Der hat mir versichert, dass er das Ganze schnell über die Bühne bekommt. Er wüsste mindestens drei potenzielle Kunden, die großes Interesse an meiner Villa haben würden.“ „Wer ist das denn?“ „Der Gerhard Baumgartner, den kenn‘ ich von einem Verkauf einer kleinen Wohnung vor ein paar Jahren. Da hat er sehr schnell und geräuschlos alles zu meiner Zufriedenheit erledigt.“ „Ja, der Gerhard is‘ a Guater. I will ja nix Schlechtes sag’n, Herr Professor, aber Sie wissen scho‘, dass der in letzter Zeit in finanzielle Schwierigkeiten is‘, oder?“ „Was meinen’s damit?“ „Nun ja, i hab‘ g‘hört, dass er demnächst seinen Porsche verkaufen muss.“ „Na, ja, solche Gerüchte kenn‘ ich. Des muss ja nix heißen. I wer‘ noch mal mit ihm reden. Und wenn ich an schlechten Eindruck hab, meld‘ ich mich wieder bei Ihnen. Guten Tag.“

‚Scheiße‘, denkt Erwin. *‚Was mach i jetzt! Den drei Millionen Deal darf ich nicht verlieren. I wollt mir doch von der Provision an Porsche Carrera kaufen. Hab scho‘ an silbernen Baujahr 2005 gesehen, der tät‘ mir g’falln, also muss ich das Geschäft mit dem Professor packen. Ich glaub, ich ruf Gerhard mal an und fühl ihm a bissl auf’n Zahn. Ob der sich auf an Deal einlässt? Oder wie könnt‘ ich ihn sonst ausschalten?‘*

19.

Das Wichtigste im Sommer sind die Feriencamps. Nicht nur für die Kids, auch Marion und Gerhard hoffen, in diesen zwei Wochen ein bisschen zur Ruhe zu kommen. Diesmal haben sie sich für ein Camp in Ganz in der Steiermark entschieden. Das ist nicht weit von Mürzzuschlag entfernt, und es gibt unzählige Ausflugsziele, wie z.B. den Erlaufsee, die Gemeindealpe und Bürgeralpe. Nicht zu vergessen, die Basilika Maria Zell. Marions Mutter, Agnes Holzer, hat in ihrer Kindheit in dieser Gegend sehr viel Zeit verbracht. Daher hat sie sich auch sofort angetragen: „Oh, da bringen wir die Kinder natürlich hin. Klaus, gell, da können wir doch auch ein paar Tage dableiben? Das wär‘ schön!“ Ihr Mann weiß, wie sehr Agnes ihre steirische Vergangenheit am Herzen liegt und erfüllt ihr gern diesen Wunsch. Agnes ist eine zierliche Person, der man ihre 63 Jahre keinesfalls ansieht. Das schulterlange, kastanienbraun gefärbte Haar trägt sicher dazu bei, aber auch ihre Gesichtszüge wirken sehr entspannt und gepflegt. Wenn Klaus sie ansieht, kann er ihr noch immer keine Bitte abschlagen. Klaus, ebenso alt wie sie, wirkt mit seinem natürlich ergrauten Haaren etwas älter, jedoch um nichts weniger gepflegt oder elegant. Seinem Beruf glaubt er, es schuldig zu sein, immer einen Anzug tragen zu müssen. Privat lässt er manchmal ausnahmsweise die Krawatte weg. Als Anwalt will er immer ein perfektes Bild abgeben, deshalb hat er es bisher auch geschafft, nicht zu viel zuzunehmen. Immer, wenn er spürt, dass seine Anzüge enger werden, schiebt er eine Fastenwoche ein. Agnes hat ihm schon oft gesagt, dass er das nicht muss: „Ab einem gewissen Alter ist doch ein feines Essen und ein guter Trunk dazu wichtiger als die Figur.“ „Du hast leicht Reden, du kannst ja essen, was du willst. Du bleibst immer schlank, egal ob du schlemmst oder nicht. Beneidenswert, meine Liebste!“, gibt er resignierend zurück.

Am achten Juli ist es also so weit, die Großeltern holen die reisefertigen, bereits aufgeregten Enkel ab, und Marion erklärt ihnen noch einiges: „Die Kinder werden dort wegen des Altersunterschieds in zwei Gruppen untergebracht, haben aber auch die Möglichkeit, sich zu sehen, wenn sie das möchten. Besuch sollten sie nicht unbedingt bekommen, hat man uns gesagt. Aber im Notfall is‘ es nicht schlecht, wenn wer in der Nähe ist. Wie lang bleibt ihr in Mürzzuschlag?“ Ihr Vater antwortet: „Nur über’s Wochenende, also am Montag geht’s wieder heimwärts. Die Arbeit ruft.“ „Das ist zwar kurz,“, meint Gerhard, „aber bis dahin haben sich die zwei schon ein bisschen eingewöhnt.“

Als das zurückbleibende Ehepaar dem Auto nachwinkt, ist es 7:30 Uhr, also noch früh am Tag. Die Kinder hatten sich mit festen Umarmungen von ihren Eltern verabschiedet und winkten ebenfalls durch die Heckscheibe zurück, bis sie nicht mehr zu sehen waren. „Ich bin gespannt, wie es ihnen gehen wird!“, flüstert Marion fast. „Sie waren noch nicht so oft allein weg, und wenn, dann nicht getrennt.“ „Mach dir keine Sorgen, sie dürfen sich ja besuchen, wenn sie das wollen." „Ja, hast recht, aber ungewohnt ist es doch."

Gerhard hat sich für diesen Tag etwas Besonderes vorgenommen. Er will nicht mehr lügen, und er will wieder die gute Ehe mit Marion führen, die sie früher hatten. Und er ist bereit, den Preis dafür zu zahlen. Er muss zu dem stehen, was er getan hat. Er muss es Marion sagen! Vielleicht kann sie ihm verzeihen, wenn er ihr erklärt, dass er schon Schluss gemacht hat. *‚Wahrscheinlich wird sie sich schon aufregen. Würde ich umgekehrt sicher auch. Aber nach einem Versöhnungstrunk auf unserer AMORE wird vielleicht alles gut.'* Mit diesen Gedanken stärkt er sich und nimmt dann all seine Kraft für den mutigen Schritt zusammen. Auch Martin hatte gesagt, dass das die einzige Möglichkeit wäre, wieder zur Normalität zu kommen. *‚Also los!'*

„Marion! Was hältst du davon, wenn wir uns heute unser Boot schnappen und eine Ausfahrt machen?", beginnt er, sie zu überzeugen. „Weißt', es schaut jetzt richtig gut aus mit dem großen Vertrag. Könnte sein, dass wir die AMORE gar nicht verkaufen müssen. Und heute ist so ein Traumtagerl. Was meinst'?" Marion setzt sich auf die Couch und denkt kurz nach. Dann meint sie: „Hm, das ist gar keine schlechte Idee. Der erste Tag so ohne die Kinder. Einfach einmal nur entspannen. Das machen wir. Ich ruf' nur schnell die Nici an und sag' ihr Bescheid, die wollte heute vorbeischauen." Gerhard spürt eine Wärme in sich aufsteigen, eine Freude, wie er sie schon lange nicht mehr empfunden hat. Während Marion telefoniert, packt er schnell ein paar Sachen zusammen, die sie brauchen werden. Der Schampus ist schon im Kühlschrank auf dem Boot.

Als sie losfahren, lächelt Marion und erzählt: „Die Nici war jetzt richtig überrascht, als ich ihr vom Bootsausflug erzählt hab‘. Sie meint, so wie wir in letzter Zeit draufwaren, hätte sie nicht gedacht, dass wir jemals wieder gemeinsam etwas unternehmen würden. Liebe Grüße soll ich dir sagen, und sie wünscht uns viel Spaß.“ „Aja, die Nicole… Vielleicht erzählst du ihr manchmal doch ein bisserl zu viel von uns, so von Schwester zu Schwester“, stellt Gerhard etwas unbedacht in den Raum. Marion stutzt und hakt nach: „Was? Wie meinst du das jetzt?“ „Naja, du hast ihr doch von unseren Problemen erzählt, oder?“ „Ja, schon, aber nicht alles.“ „Scheinbar aber genug, dass sie von unseren Streitigkeiten weiß. Und das ist eigentlich in meinen Augen schon zu viel. Das geht doch die anderen nix an.“ Marion, die sich jetzt ertappt fühlt, kann nicht mehr zurück und wird im Ton etwas schärfer: „Ah, du hast sicher mit niemand darüber geredet, gell? Du machst alle Probleme mit dir selber aus? Was weiß denn der Martin, ha?“

Und so schaukelt es sich einmal mehr auf zu einer scheinbar nicht enden wollenden Diskussion, bis Gerhard den Cayenne scharf abbremst, weil er eine Stopptafel übersehen hat. „Oida, bist du wo aug‘rennt?!“, tönt es hitzig aus dem beinahe tuschierten VW-Bus, der sichtlich schon seine Jahre auf dem Buckel hat. „Du g'hörst ja aus'n Verkehr zog'n, du Wirscht'l!"

20.

‚Jessas, des a no'!', denkt Luisa. *‚Jetzt komm' i no zu spät zur Elena. Die wird schon auf Nadeln sitzen!'* Sie legt den Schnellgang ein, nur vor den berüchtigten Radargeräten am Handelskai bremst sie unter Anwendung leichter Gewalt runter, um eventuelle Fotos zu vermeiden. Das Restaurant ‚*Drei goldene Kugeln*' ist in der Millennium City. Das heißt, sie muss auch noch in die Parkgarage fahren und braucht deshalb noch ein paar Minuten, bis sie da ist. Die Freundin überlegt tatsächlich bereits, ob sie wieder gehen soll, als Luisa um die Ecke sprintet. Die Begrüßung fällt entsprechend frostig aus: „Na, du bist gut, Luisa! Du rufst nicht an, du hebst nicht ab. Das ist ja sonst nicht deine Art. Was ist denn los?" „Hallo, Elena!", sagt die Unpünktliche, und ist noch ganz außer Atem. „Sorry, ich hab' total die Zeit überseh'n beim Unterlagen durchschauen. Wie ich drauf'kommen bin, bin ich gleich los. Mein Handy is' stummg'schaltet, und ich wollte keine Zeit mit Anrufen vertun. Hätt' ich machen sollen, hast recht!" Elena weiß, dass Luisa beim Arbeiten eine Genaue ist, schließlich haben sie lange genug miteinander die Schulbank gedrückt. Also lenkt sie ein und beruhigt ihre Freundin: „Aja, du und deine Arbeit. Immer noch so konzentriert, dass neben dir eine Bombe einschlagen kann? Du könntest ruhig einmal erwachsen werden!" Jetzt lachen beide, umarmen sich zur Begrüßung und studieren dann die Speisekarte. Elena hat einen Bärenhunger und überlegt, den *‚Schönen Heinrich'* zu nehmen, ein 180 g Burger-

Laibchen mit viel köstlichem Beiwerk. Da winkt Luisa gleich ab: „Na, i schaff‘ heut‘ nix Großes. Wenn ich im Stress bin, krieg‘ ich nicht viel runter. Vielleicht einen Backhendl-Salat.“ „Ach, jetzt ist ja der Stress vorbei. Jetzt lassen wir es uns gutgehen.“ Als die Kellnerin die Bestellung aufnimmt, entscheidet sich Elena doch lieber für *‚Die liebliche Rosi‘*, den Rindfleischburger mit Erdäpfel-Vogerlsalat und noch ein paar gesunden Sachen. Luisa stellt in Gedanken einen Zusammenhang zwischen Elenas Appetit und ihrem Körperbau her. *‚Ja, da passt noch a bissl was rein.‘*

Während die Hungrige genüsslich ihren Teller leert, schnippelt Luisa an ihrem Salat herum und schafft gerade einmal drei kleine Stück Hühnerfleisch. Der Freundin fällt die ungewohnte Appetitlosigkeit ihres Gegenübers auf, worauf sie fragt: „Geht's dir eh gut, Luisa? Du bist irgendwie abwesend heute, und dein Salat wird am Teller immer mehr statt weniger. Magst‘ reden?“ Luisa schaut die besorgte Freundin mit großen Augen an und verspürt plötzlich den Drang, ihr zu erzählen, was sie so zermürbt: „Elena, wenn ich dir was erzähl, was niemand wissen darf, kannst du das für dich behalten?“ „Großes Ehrenwort, ich schweige wie ein Grab. Eh so wie immer.“ Sie schmunzelt. „Gut, aber du darfst mich nicht für verrückt erklären. Ich hab‘ einen Freund, der ist verheiratet.“ Elena meint, dass sie doch verrückt sei, aber Luisa fährt fort: „Nein, das heißt eigentlich, ich *hatte* einen Freund, der verheiratet ist. Aber letzten Mittwoch hat er mich abserviert. Einfach so.“ Ihr Blick wird ernst und starr, aber sie hat keine Tränen mehr.

Elena kann gut zuhören und redet nicht dazwischen. „Ich kann das immer noch nicht glauben! Der Kerl hat sich auf einmal doch für seine Frau entschieden. Im Nachhinein ist mir schon klar, dass er nie gesagt hat, dass er mich liebt. Aber hat man so einen Wahnsinns-Sex, wenn da nicht irgendwo Liebe dabei ist?“ Sie hofft auf Bestätigung, aber Elena meint nur: „Das kann man wohl nicht verallgemeinern. Manchmal liebt halt einer mehr als der andere. Sex und Liebe kann man da leicht verwechseln.“ „Ich hab‘ ihn geliebt! Da hab‘ ich nix verwechselt. Aber so, wie es jetzt ausschaut, war ihm nur die Bettgeschichte wichtig, und jetzt ist dem Sauhund alles zu viel geworden.“ „Hat er Kinder?“, will Elena wissen. „Ja, zwei. Zehn und zwölf Jahre oder so.“ „Tja, da hast du’s! Da stehen die Chancen für eine Geliebte selten gut. Ich würde dir ja liebend gern was anderes sagen und positiv zureden. Aber, wenn du meinen Rat möchtest, … Vergiss ihn, mach dir das Herz nicht schwer und such dir einen Singlemann!“

Die beiden gehen nach dem Essen noch ein bisschen auf der Donaupromenade spazieren, und dann fährt Luisa nach Hause. Gerhard wird nie wiederkommen, daran wird sie sich gewöhnen müssen.

21.

Marion ruft gegen 12:45 Uhr aufgeregt ihre Schwester an und erzählt ihr, dass sie sich auf dem Weg zur Donau mit Gerhard heftig gestritten hat. „Daraufhin bin ich ausgestiegen und mit der U-Bahn zurückgefahren. Gerhard ist dann allein zum Boot. Ich hab' mir das keine Sekunde mehr angehört." Nicole wundert das nicht, was sie auch kundtut: „Irgendwie war das vorauszusehen, oder? Ihr habt doch in letzter Zeit wenig friedliche Konversation gemacht." „Ja, schon, aber es hat heute wirklich so schön angefangen. Keine Kinder zu Hause, nur wir. Ich glaub, wir haben beide an einen Neuanfang gedacht." Marion kommen die Tränen. Ihre Schwester meint, sie solle sich beruhigen, und sie könnten ja später, wenn Gerhard nach Hause käme, bei dem letzten friedlichen Punkt wieder anknüpfen. „Machst ihm was Gutes zum Essen, so als Wiedergutmachung. Dann macht ihr es euch gemütlich. Du weißt schon…". „Ja, du hast recht, das mach' ich!" Sofort setzt sie sich in ihr Auto und fährt einkaufen. Sie hat wenig zu Hause für ein feines Versöhnungsessen.

Um 15:30 Uhr ruft Marion abermals ihre Schwester an und klingt schon verzweifelt: „Noch immer keine Spur vom Gerhard! So lange bleibt er eigentlich selten weg. Denkst du, dass er doch eine Affäre mit dieser blöden Kuh hat?" „Tja, das wissen wir halt leider noch immer nicht genau. Diese oder eine andere oder doch keine Affäre… Aber, ich mein', nach einem ordentlichen Zwist könnte er auch nur so richtig sauer sein und irgendwo im Schmollwinkerl hocken", mutmaßt Nicole. „Hast' ihn schon angerufen?" „Klar, hab' ich schon mehrmals, aber er geht nicht ran. Deshalb kommt mir das ja so komisch vor." „Blöd…, aber jetzt schon zur Polizei gehen bringt auch nix. Wie viele Stunden ist er jetzt weg?", überlegt Nici. Marion stellt klar: „Ich bin irgendwann nach neun aus dem Auto gestiegen. Also sind es jetzt sechs Stunden und ein bissl was." „Na, da schicken die dich wieder heim und sagen, kommen's morgen wieder. Vierundzwanzig Stunden muss man abwarten, ob der Gute nicht doch freiwillig wiederkommt."

Marion beschließt, bei Gerhards Mutter nachzufragen, ob er denn bei ihr wäre. Diese verneint: „Wieso soll er denn hier sein? Ihr kommt doch immer gemeinsam." „Ja, Maria, ich weiß. Aber wie soll ich dir das sagen?... Wir haben in der Früh gestritten, so richtig. Und jetzt rührt er sich nimmer. Da hab' ich gedacht, er ist vielleicht zu euch gekommen." Die Stimme der siebzigjährigen Schwiegermutter senkt sich etwas, und auch sie vertröstet Marion: „Also, wie gesagt, hier ist der Gerhard nicht. Aber wenn er sich meldet, sag ich ihm, du machst dir schon Sorgen um ihn. Und bitte, gib mir auch Bescheid, wenn er nach Hause kommt!" „Ja, danke, wir hören uns!"

Eine weitere Nachfrage bei Martin ist ebenfalls ergebnislos. Er kann auch gerade nicht gut reden, weil er Besuch hat, verspricht aber, sich zu melden, wenn er etwas hört. Im Büro ruft sie gar nicht erst an. *‚Da ist am Samstagnachmittag eh niemand mehr.'*

22.

Revierinspektor Klaus Wallner von der Wasserschutzpolizei, hat sich die AMORE näher angeschaut. Es handelt sich um ein sehr gepflegtes, weißes Motorboot ohne Schäden, abgesehen von ein paar Kratzern an der Außenwand. Wahrscheinlich hat es beim Abtreiben ein paarmal irgendwo touchiert. An Deck und in der Kabine ist alles ordentlich aufgeräumt. Nichts gibt auch nur den kleinsten Hinweis auf vorangegangene Ereignisse. *‚Schöner Name, AMORE'*, denkt er. *‚Was ist hier passiert? Wenn es ein Unfall war, dann wüsste ich gern, was für einer. Vielleicht wollte hier auch jemand untertauchen, indem er seinen Tod vortäuscht. Nix is' unmöglich… Wenn es nur ein Liebespärchen gewesen wäre, das das schwere Schiff beim Schäferstündchen am Ufer zu leicht angebunden hat, müsste irgendjemand danach suchen. Da bin ich doch gespannt auf die Untersuchungsergebnisse.'* Wallner grübelt noch ein wenig und schreibt sich dann die Daten auf. Im Schiffsregister sucht er nach dem Eigentümer und stößt auf Gerhard Baumgartner als Besitzer. Er meldet die Adresse als interne Nachricht an die lokale Polizeiinspektion in der Taubstummengasse. Dort wird die Meldung über das gefundene Boot registriert, bleibt jedoch zunächst unbearbeitet, weil es am Samstag Wichtigeres zu tun gibt. Der diensthabende Leutnant vermerkt, dass am Montag jemand Kontakt mit Gerhard Baumgartner aufnehmen soll, falls er den Verlust des Bootes nicht vorher schon meldet.

23.

Marion telefoniert gegen 21:30 Uhr erneut mit ihrer Schwester und klingt nun schon resigniert: „Nici, ich pack das nicht! Warum tut er mir das an? Stunde um Stunde vergeht. Er muss doch wissen, dass ich mir Sorgen mach‘. Mir geht jetzt der Gedanke gar nimmer aus dem Kopf, dass doch was passiert sein könnt‘." Nicole, die sich ganz sicher ist, dass Marion recht hat, versucht ihre leidende Schwester trotzdem zu beruhigen: „Ja, die Möglichkeit besteht natürlich. Aber solang das nicht sicher ist, gibt es auch noch Hoffnung." „Stimmt, aber das Boot liegt auch nicht am Platz in der Marina. Das ist doch eigenartig. Deswegen hab‘ ich am Nachmittag schon bei sämtlichen Krankenhäusern in Wien und Umgebung angerufen. Nichts! Ich halt‘ das nicht aus, ich fahr‘ jetzt zur Polizei!"

Nicole kann nichts mehr entgegnen, was Sinn hätte, und bittet sie nur mehr: „Dann sag mir doch nachher noch Bescheid, was sie gesagt haben, ja?" Sie fährt also sehr spät abends zur Polizeiinspektion in der Billrothstraße, um ihren Mann als vermisst zu melden. Revieroberinspektor Manfred Schober begrüßt sie und lässt sich das Anliegen vortragen. Er sagt ihr, dass sie eigentlich erst nach 24 Stunden nach ihrem Mann suchen können, ist aber bereit, ihre Anzeige aufzunehmen. Marion hat ein Foto von Gerhard mitgebracht und erzählt, dass er am Vormittag gegen 9 Uhr von zuhause zur Marina gefahren sei, um mit seinem Boot einen Ausflug auf der Donau zu machen.

„Haben Sie eine Ahnung, in welche Richtung er gefahren sein könnte?“, fragt Schober. „Nicht wirklich, aber meistens fährt er zunächst ein Stück donauaufwärts, weil er nicht so gern innerhalb der Stadtgrenze unterwegs ist.“ „Haben Sie versucht, ihn anzurufen?“ „Ja, ganz oft, aber das Handy ist aus.“ „Haben Sie es bei Freunden und Verwandten versucht?“ „Ja, und auch bei allen Kliniken in Wien, aber ich habe nichts herausgefunden. Irgendwas muss passiert sein!“

„Wie ich schon sagte, wir können erst morgen mit der Suche beginnen, denn jeder Erwachsene hat das Recht, sich frei zu bewegen und seinen Aufenthaltsort zu wählen.“ „Aber es gibt keinen Grund, warum Gerhard einfach so verschwinden sollte.“ „Sind Sie sicher? Haben Sie vielleicht Probleme miteinander, so dass er sich eine Auszeit nehmen möchte?“ „Na, ja, wir hatten heute früh einen kleinen Streit, aber deshalb verschwindet er doch nicht einfach so.“

„OK, Frau Baumgartner. Ich habe hier alles notiert. Lesen Sie das nochmal genau durch und sagen mir, ob Ihnen noch etwas einfällt. Dann unterschreiben Sie die Anzeige und lassen mir das Bild hier. Morgen beginnen wir dann mit der Suche.“ Marion schaut den Text noch einmal an, findet keine Fehler und unterzeichnet den Vordruck. „Vielen Dank, Herr Schober, gute Nacht.“ „Gute Nacht, Frau Baumgartner, fahren Sie nach Hause und machen Sie sich nicht zu viele Sorgen. Ich bin sicher, wir werden Ihren Mann finden.“

24.

Marion wacht am Sonntag sehr früh auf, und nachdem sie sich gerade einen Kaffee eingelassen hat, klingelt das Telefon. „Guten Morgen. Frau Baumgartner?“ „Ja. Wer spricht da?“ „Hier ist Polizeiinspektor Michael Stadler von der Polizeiinspektion in der Billrothstraße. Sie waren gestern Abend bei uns und haben Ihren Mann als vermisst gemeldet.“ „Ja genau. Haben Sie ihn gefunden?“ „Ihn noch nicht, aber sein Boot. Es ist von der Wasserschutzpolizei sichergestellt worden und die Kollegen suchen jetzt nach ihm.“ „Das heißt, er war nicht im Boot?“ „Nein, das war leer. Wir haben an der Marina auch sein Auto entdeckt. Das ist ebenfalls leer. Haben Sie inzwischen irgendetwas von Ihrem Mann gehört?“ „Nein, ich hab‘ keine Ahnung, wo er sein könnte.“ „Frau Baumgartner, das muss ja noch nichts Schlimmes bedeuten. Wissen’s, wir haben immer wieder Fälle, wo Menschen irgendwo zufällig auf alte Bekannte treffen, mit denen ein paar Bier zu viel trinken und erst am nächsten Tag nach Hause kommen. Vielleicht ist das bei Ihrem Mann auch so. Wir melden uns sofort bei Ihnen, wenn wir Neuigkeiten haben.“

Marion trinkt ihren Kaffee und denkt darüber nach, was sie jetzt machen soll. *‚Soll ich z’haus bleiben oder mich mit irgendwas ablenken? Da es so schönes Wetter ist, könnt‘ ich irgendwo frühstücken und danach einen langen Spaziergang machen. Das*

Telefon leite ich auf mein Handy um, damit die Polizei mich erreicht, wenn sie was finden.'

Sie springt unter die Dusche, zieht sich ein leichtes Sommerkleid an, schminkt sich dezent, setzt ihre Sonnenbrille auf und fährt zum Café Gießbach in der Cobenzlgasse. Es ist noch nicht viel Betrieb am frühen Sonntagmorgen und sie bekommt draußen einen Platz. Ein Cappuccino und ein Croissant helfen dabei, ihre Gedanken zu ordnen.

25.

Die Frühschicht bei der Wasserschutzpolizei hat begonnen. Der diensthabende Offizier stellt zwei Teams zusammen und instruiert sie: „Männer, passt auf. Ihr habt gesehen, dass wir gestern eine Jacht aus'm Donaukanal g'fischt ha'm. Von dem Besitzer fehlt jede Spur und sei' Frau hat ihn als vermisst gemeldet. Es kann also sein, dass er irgendwo in der Donau schwimmt. Dann lebt er sicher nimmer. Sei' Frau hat g'sagt, dass der Mann meist zuerst die Donau hochfährt. Also: Fritz und deine Leut', ihr fahrt die Donau hoch bis Korneuburg und sucht beide Ufer ab. Dann fahrt ihr auf dem Rückweg in die neue Donau bis zum Praterspitz. Stefan und dein Team, ihr fangt an der Löwenbrücke im Donaukanal an und fahrt den Kanal runter bis zum Praterspitz und dann die Donau wieder hoch bis hierher. Wenn wir da nix finden, schau ma später weiter flussabwärts. Alles klar?"

Die beiden Gruppen aus je fünf Leuten steigen in ihre Boote und fahren los. Ein Kollege steht am Ruder und zwei sitzen jeweils rechts und links und suchen das Ufer ab. Das Team von Fritz trifft auf zwei Männer in Kajaks und fragt, ob sie etwas gesehen haben. Natürlich nicht. Also fahren sie langsam den Strom hoch bis sie nach etwa einer Stunde in Korneuburg ankommen. Am Nordende der Donauinsel fahren sie auf dem Rückweg in die neue Donau. Hier gibt es auch am frühen Morgen schon einige Gruppen von Ausflüglern, die es sich an den Ufern auf der Insel und auf der Ostseite des Flusses bequem gemacht haben und auch schon in der neuen Donau schwimmen. Aber nirgends sehen sie einen leblosen Körper, der im Wasser treibt oder ans Ufer gespült wurde.

Stefan und sein Team finden auch nichts, weder im Donaukanal abwärts noch auf dem Rückweg in der Donau. Nach etwas mehr als zwei Stunden sind die Männer wieder im Revier und können keinen Erfolg melden. Der Diensthabende überlegt, ob sie weiter die Donau abwärtsfahren sollen, da läutet das Telefon.

26.

An der Donau findet man unzählige wunderbare Plätze zum Spazierengehen, Naturgenießen und Entspannen. An diesem Sonntagmorgen kündigt sich herrliches Sommerwetter an, das Alt und Jung in die Gänge bringt und ins Freie treibt. Die Gegend um den Praterspitz ist nicht so sehr überlaufen, was so manches Pärchen zu schätzen weiß. Auch die beiden, die an diesem Vormittag genau da unterwegs sind. Hand in Hand schlendern sie zuerst den asphaltierten Weg entlang, der von der Straße wegführt, dann weiter den Kiesweg, der von Bäumen und Sträuchern eingesäumt wird. Während sie so darüber sinnieren, ob sie sich einen Hund zulegen wollen, der dieses Paradies auch genießen könnte, führt sie ein mit Gras bewachsener Weg zum Donauufer hin, also genau Richtung Spitz, wo die Halbinsel endet.

„Ich hätte aber lieber einen großen, so einen Schäfer oder eine Dogge. Boxer geht auch, nur nicht so einen kleinen Pinschpudeldackel“, stellt der junge Mann fest. Sie bleibt stehen, dreht sich zu ihm hin und stützt die Ellbogen in die Hüften und meint ausgelassen: „Soso, und wie soll ich bitte…“. Schlagartig hält sie inne, als ihr Blick zum Wasser fällt und ihr der Schreck in die Knochen fährt. „Was is‘? Hast‘ ein Gespenst gesehen?“, zieht er sie auf. „Nein, das glaub‘ ich nicht. Schau amal. Schau, da unten auf den Steinen!“ „Schande, da liegt einer!“, ruft er aufgeregt. Beide laufen über die Böschung hinunter, soweit sie können, um zu sehen, ob man da noch helfen kann. Aber sie können über die großen Steine nicht zu ihm gelangen. „Was soll‘ ma jetzt machen? Glaubst‘, is‘

der tot?“, fragt sie und hält entsetzt beide Hände vor den Mund. „Keine Ahnung, ob der noch lebt. Schaut irgendwie nicht so aus. Der liegt mit dem Gesicht im Wasser, wer weiß wie lang schon. Außerdem könn‘ ma eh net zu ihm. Also, ich trau mich das nicht.“ Daraufhin zückt sie eilig ihr Handy und wählt die 133: „Hallo, hier spricht Franziska Koch, wir haben, glaub ich, einen Toten gefunden!“

27.

Alois Schmalzl weiß einen warmen Sommersonntag auch zu genießen und ist mit seiner Uschi unterwegs in Richtung Kahlenberg. Die Höhenstraße wäre genau das Richtige für das neue Cabrio, hat er ihr vorgeschlagen, und jetzt macht er es sich auf dem Beifahrersitz so richtig bequem. Sie sind noch nicht sehr weit gekommen, den 20. Bezirk haben sie noch nicht verlassen, da schrillt das Diensthandy. „Na, net heut', bitte! Hoffentlich kein Einsatz!", betet er und nimmt das Gespräch schweren Herzes an. „Ja,... Schmarr'n... Wo?... Na, bin glei' da." Also, die üblichen Gesprächsfetzen, die Uschi oft zu hören bekommt. Den ‚Schmarr'n' lässt er normalerweise weg, aber heute konnte er sich nicht beherrschen. „Schatzi, kannst umdrehen. Falsche Richtung. Wir müssen zum Praterspitz, also eigentlich zur Simmeringer Lände", gibt er Anweisung an die Chauffeurin. Uschi ist natürlich genauso wenig begeistert wie ihr Mann, aber es nützt nichts, sie gibt zu bedenken: „Ja, das is' schon blöd, war aber zu erwarten. Am Sonntag Bereitschaftsdienst hat selten was Gutes gebracht. Hab' ich recht?" „Jo, eh. Aber des hol' ma nach, versprochen!"

Uschi stellt das Cabrio zwischen den Polizeiautos ab, wo es mit dem eleganten Rotton besonders gut zur Geltung kommt. Fritz Mosic eilt herbei und möchte den Fahrer des Privatfahrzeugs des Geländes verweisen. „Sie da, des is' a Tatort!", brüllt er und gestikuliert mit den Händen. Sehr überrascht stellt er fest, dass es die Schmalzls sind: „Chef! Wahnsinn! Bist jetzt unter die Cabriofahrer 'gangen! Traumwagerl, wirklich!" Alois zieht den Schnauzer etwas nach unten und brummt: „Na, i net. Der g'hört meiner Frau, steht sogar am Nummernschild." Fritz schaut nach und macht große Augen, verkneift sich aber ein Lachen: *‚Der Alois hat sich sicher was dabei gedacht.'*

Schmalzl gibt seiner Holden noch einen Kuss und bereitet sie auf einen einsamen restlichen Sonntag vor: „Du kannst schon heimfahren. Ich hab' keinen Schimmer, wie lang das dauern wird. Die Kollegen nehmen mich nachher schon mit. Bussi, ich meld' mich." Als das Traumauto außer Sichtweite ist, widmet sich Alois den Geschehnissen. „Also, was hamma da? Wer stört scho' wieder an einem heiligen Sonntag? Das wird ja langsam zur Gewohnheit!", ruft er und zieht damit alle Aufmerksamkeit auf sich. Mit der Schlagfertigkeit seines Kollegen Fritz Mosic hat er nicht gerechnet. Der entgegnet nämlich: „Tja, wenn wir alle wüssten, wann uns der Quiqui holen kommt, könnten wir von der Polizei unsere Termine besser koordinieren." Allgemeines Gelächter. Das geht natürlich am Tatort gar nicht, deshalb ruft der Chef: „Genau, und dann wüssten wir auch gleich, ob es ein Mord war oder sonst was. Wissen wir schon was von unserer Leich'?" „Ja!", ruft ein Uniformierter. „Der Tote heißt Gerhard Baumgartner, und er wurde gestern Abend als vermisst gemeldet. Wir haben ihn mit dem Foto identifizieren können, das uns seine Frau 'geben hat. Und sein Boot wurde am Nussdorfer Wehr gefunden. Alles sehr mysteriös, Herr Major." „Danke, das is' ja schon amal was. Wo ist denn der werte Verblichene?", erkundigt er sich. Der Kollege bringt ihn zu der Stelle, wo die Pathologin bereits zugange ist. Man hatte den Toten vorher über die Steinböschung herauftragen müssen, was sich wegen der Rutschgefahr als äußerst schwierig erwies. Jetzt liegt er dort im Gras, die Ärztin hockt an seiner Seite und führt die Erstuntersuchung durch. Die Spurensicherung ist bereits fertig.

‚Aja, seit letzter Woch'n is' ja die Neue da. Hm, wie hat die schnell g'heißen? Jessas, mein Hirn…", geht es Schmalzl durch den Kopf, dann begrüßt er sie: „Grüß Gott, Frau Doktor! Schmalzl, der Name!" „Ich weiß, hat man eh bis hierher gehört", gibt sie etwas schnippisch zurück, setzt aber ein Zwinkern hinten nach und stellt sich vor: „Winkelmeyer, mit EY, Alexandra. Hand kann ich Ihnen keine geben, Sie seh'n eh, was hier los ist." „Ja, schaut nicht gut aus. Können's schon a bisserl was sagen? Mord? Unfall? Todeszeitpunkt?", und auch er versucht ein Zwinkern hinzubekommen. „Ui, also die ganze Arbeit kann ich Ihnen nicht abnehmen. Aber so viel steht fest, die Leiche weist kaum Verletzungen auf. Die, die man auf den ersten Blick erkennt, sind definitiv postmortem entstanden, also durch Aufprall an Steinen, Ästen und so weiter. Er ist sicher nicht hier zu Tode gekommen. Für mich schaut das erst einmal nach Ertrinken aus. Aber nageln Sie mich nicht fest, das ist ein erster Eindruck. Zum Todeszeitpunkt kann ich beim besten Willen noch nix sagen." „Ja, ja, des kenn' ma eh. Dank'schön für's Erste. Aja… und herzlich willkommen im Team!", setzt er in seiner mürrischen Art nach.

Von der Spusi ist auch noch nicht viel zu erfahren, denn am Fundort gibt es keine Spuren. In der Hosentasche des Toten hat man allerdings einen Porscheschlüssel und seine Papiere gefunden. Das ist einmal ein Ansatz, und Fritz Mosic bekommt den Auftrag, das Fahrzeug ausfindig zu machen, laut Zulassung ein Porsche Cayenne, schwarz. Der Chef höchstpersönlich übernimmt die unangenehmste Aufgabe. Er lässt sich in einem Streifenwagen in die Felix-Mottl-Straße im 19. Bezirk fahren, um Frau Baumgartner die Nachricht zu überbringen.

28.

Bevor er zu Frau Baumgartner fährt, bittet Schmalzl seine Kollegen Mosic und Perm die Marina, wo das Auto gefunden wurde, näher zu untersuchen. Außerdem sollen sie im Boot bei der Wasserschutzpolizei gemeinsam mit der KTU nach Spuren Ausschau halten und alles für eine erste Besprechung am Montag zusammentragen.

„Hast du den Saab vom Alois gesehen?“, fragt Fritz Mosic seine Kollegin, als sie sich auf den Weg zur Marina machen. „Ja, krass oder? Aber er hat doch gesagt, dass er seiner Frau g'hört. Die hat a Glück. So an knallroten Flitzer hätt i a gern“, antwortet Agathe. „Na, meins wär‘ des net. So a alt's Auto braucht doch ständig irgendwas, und weil es Saab nicht mehr gibt, kannst du im Internet nach Ersatzteilen suchen. Willst du des?“ „Na ja, es muaß ja ka Saab sein, ich meinte halt a Cabrio. Bei so schönem Wetter wie heut‘ stell ich mir das echt geil vor, damit umherzudüsen.“ „Da musst dir aber ständig a Kopftuch umbinden, sonst kriegst es leicht an die Ohren oder an Sonnenbrand auf'm Kopf.“ „Du vielleicht, mit deine dünnen Haar. I hab da keine Sorgen.“

„So, da simma jetzt. Schau ma amal, ob in dem Auto was zu finden is‘.“ Fritz öffnet den Porsche mit der Fernbedienung und beide ziehen Handschuhe an. Kaum hat Fritz die Fahrertür geöffnet, kommt ein Mann aus dem Büro und baut sich neben dem Auto auf: „Grüß Gott. Darf ich fragen, wer Sie sind und was Sie hier machen?“ „Mosic und Perm von der Kripo. Und wer sind Sie?“ „Karl-Heinz Lechner von der Hafenmeisterei. Was gibt's denn? Wo is‘ denn der Herr Baumgartner?" „Wir müssen das Auto nach Spuren untersuchen. Wann haben Sie Herrn Baumgartner denn zuletzt gesehen?" „Gestern Vormittag, kurz vor 10 Uhr. Er is' mit sein' Porsche daherkommen und dann mit seiner Jacht flussaufwärts weggefahren." „War er allein?" „I glaub scho'. Hab niemand bemerkt." „Haben Sie mit ihm gesprochen?" „Net wirklich. Wir hab'm uns kurz begrüßt, i hab ihm beim Ablegen g'holf'n und das war's auch scho'." „Vielen Dank, Herr Lechner. Dann schauen wir uns jetzt amal das Auto an." „Was is'n los damit?" „Nix weiter. Wir schaun halt a bissl." „Ja, und wo is' der Herr Baumgartner?" „Dazu könn' ma ihnen nix sagen. Lassen's uns jetzt unsere Arbeit machen."

Fritz und Agathe schauen in den Fahrgastraum, ins Handschuhfach, in den Kofferraum. Sie können auf Anhieb nichts Wichtiges entdecken. Fritz ruft die KTU an und bittet sie, das Fahrzeug ins Präsidium zu bringen. Dann fahren die beiden zur Wasserschutzpolizei und sehen sich das Boot an. Agathe findet in der Kajüte ein Smartphone, auf dem Sperrbildschirm ist ein Familienfoto mit Baumgartner, einer Frau und zwei Kindern. „Das dürfte sein Handy sein. Bin gespannt, was wir darauf finden." Sie packt es in eine Plastiktüte und steckt es ein. Im Kühlschrank findet sich eine Flasche Champagner, aber es wurden keine Gläser benutzt. Auch sonst ist das Boot sehr ordentlich. Es liegen keine Gegenstände herum. Beide haben den Eindruck, dass die AMORE nicht sehr oft benutzt und penibel sauber gehalten wird. „Was denkst du, warum nennt man sein Boot Amore?", fragt Fritz. „Na wenn das Ehepaar Baumgartner sich liebt und gemeinsam gern auf dem Boot unterwegs ist, kann man sich das doch gut vorstellen.“ „Na, ja, Männer nehmen doch meistens eher einen Frauennamen.“ „Vielleicht hat sich hier die Frau durchgesetzt, vielleicht haben sie sich in Italien kennengelernt oder sind dort zum ersten Mal gemeinsam Boot gefahren, wer weiß. Wir können Frau Baumgartner ja mal danach fragen.“

Auch hier informiert Fritz die Spusi, dass sie das Schiff genau, vor allem nach Fingerabdrücken untersuchen sollen. „Wir müssen wissen, wer alles mitgefahren ist. Wer weiß, ob der gestern allein unterwegs war. Der kann doch auch irgendwo angehalten und jemand mitgenommen haben.“

29.

Alois Schmalzl steigt aus dem Polizeiauto und bittet den uniformierten Kollegen, ihn zu begleiten. „Es is' immer hart, solche Nachrichten zu überbringen. Man weiß nie, wie die Leute auf sowas reagieren." Er betätigt die Klingel am Gartentor und hört Marion sagen: „Ja, wer ist da?" „Schmalzl, Kriminalpolizei", antwortet er knapp, und das relativ kleine Tor öffnet sich automatisch. Beim Betreten des stattlichen Anwesens wird ihm klar, dass es in diesem Fall durchaus um weltliche Werte gehen könnte. Der gepflegte Vorgarten der alten, top-renovierten Villa wirkt sehr einladend. An der Haustür steht bereits Frau Baumgartner, die die Herren höflich ins Haus bittet und ihnen im Esszimmer Sitzplätze anbietet. Getränke lehnen beide dankend ab, aber Marion stellt trotzdem einen Krug Wasser und Gläser auf den Tisch und setzt sich zu ihnen. „Gibt es Neuigkeiten, Herr Schmalzl?", fällt Marion mit der Tür ins Haus. Der Major räuspert sich und antwortet dann so ruhig wie möglich: „Ja, Frau Baumgartner. Wir haben Ihren Mann gefunden." Euphorisch fällt sie ihm ins Wort: „Oh! Das ist ja wunderbar! Ich hab' wirklich schon gedacht, dass ihm was zugestoßen ist! Wo ist er denn jetzt?" Als Schmalzl darauf erst einmal nichts sagt, sondern sie nur mit ernstem Blick ansieht, friert auch ihr Gesicht ein, und sie fragt vorsichtig: „Wie geht es ihm denn? Ist er doch verletzt? Und wo haben Sie ihn denn gefunden?" „Frau Baumgartner, es tut mir sehr leid, er wurde an der Donau gefunden, konnte aber leider nur noch tot geborgen werden", drückt er heraus. Marion schluckt kräftig und sinkt in sich zusammen. Tränen verschaffen sich freien Lauf, und die Anspannung der letzten Tage entlädt sich in einem gewaltigen Weinkrampf. Der Streifenpolizist schenkt aus dem Krug Wasser in ein Glas und reicht es dem Vorgesetzten. Der wiederum hält es Marion hin und versucht, sie zu beruhigen: „Frau Baumgartner, ich weiß, das ist die schlimmste Nachricht, die ich überbringen konnte. Kann ich Ihnen irgendwie helfen? Vielleicht trinken's amal an Schluck Wasser." Marion nimmt, noch immer schluchzend, das Glas und leert es in einem Zug. „Weiß man denn, was passiert ist?", presst sie hervor, und sie steht auf, um ein Taschentuch aus der Kommode zu holen, in das sie fest hineinschnieft. Der Tränenfluss versiegt langsam, und Marion kommt ein wenig zu sich. Sie setzt sich wieder hin und erwartet eine Antwort: „Nein, wir wissen noch nichts Genaues. Da müssen wir die Obduktion abwarten… Geht's Ihnen etwas besser? Oder brauchen Sie was zur Beruhigung? Ich kann den Arzt rufen, wenn's wollen?" „Nein, nein, das geht schon." „Haben Sie jemand, der bei Ihnen bleiben kann? Sind Ihre Kinder nicht da?", will Schmalzl wissen, der auch den psychologischen Betreuungsdienst rufen könnte. „Mein Gott, die Kinder! Wie sag' ich das den Kindern?!" Die Tränen kullern wieder. *‚Schmarr'n, das war das falsche Stichwort. Blödmann!'*, denkt er und wiederholt die andere Frage, um umzulenken: „Haben Sie jemand, der bei Ihnen bleiben kann? Können's wen anrufen?" „Ja, meine Schwester, die Nici. Die kommt sicher sofort, wenn ich anruf'." „Das ist gut", beruhigt er sich eher selbst. „Dann machen wir das nachher. Glauben Sie, dass Sie mir vorher ein paar Fragen beantworten können? Das würde uns sehr helfen, nachzuvollziehen, was geschehen sein könnte." „Ja, das geht schon. Was wollen Sie denn wissen?" „Zum Beispiel, wann haben Sie Ihren Mann das letzte Mal gesehen? Das wäre einmal ein Anhaltspunkt für uns, und wie denn der Samstag für Sie so abgelaufen ist.“ Marion konzentriert sich und spricht langsam: „Also, meine Eltern haben in der Früh die Kinder abgeholt. Die sind jetzt zwei Wochen im Feriencamp. Gerhard hat dann den Bootsausflug vorgeschlagen, und ungefähr um neun waren wir schon unterwegs zur Marina. Da haben wir zu streiten begonnen, und weil mir das zu blöd war, hab‘ ich gesagt, er soll stehenbleiben und bin ausgestiegen. Ich bin mit der U-Bahn nach Hause gefahren und habe angenommen, er fährt allein zum Boot. Das war das letzte Mal, wo ich ihn…“. Wieder Schluchzen.“ „Worum ging es denn bei dem Streit?“ „Wie soll ich sagen, naja es war wieder einmal das liebe Geld. Wissen’s, die Auftragslage vom Gerhard ist in der letzten Zeit immer schlechter geworden, und Sie sehen eh, was wir hier zu erhalten haben. Das belastet eine Ehe halt irgendwann.“ Sie hält kurz inne, als würde sie ein Gedanke beschäftigen, dann fragt sie betroffen: „Glauben Sie, dass er sich was angetan hat? Dass ihm das alles zu viel geworden ist, und ich hab‘ dann auch noch mit ihm gekeppelt!“ Bevor der nächste Tränenschwall kommen kann, antwortet Schmalzl: „Schaun’s, das können wir alles noch nicht wissen. Nach dem, was wir bisher haben, ist das zwar nicht ausgeschlossen, aber es kann genauso ein Unfall gewesen sein oder leider auch ein Verbrechen. Wir nennen das einen Todesfall mit unklarer Ursache, deshalb ermittelt die Kripo.“ Schmalzl sieht der Frau an, dass sie sehr erschöpft ist und bietet ihr an: „Frau Baumgartner, ich glaub‘, es ist besser, Sie für heute in Ruhe zu lassen. Wir werden Sie morgen noch einmal aufsuchen, wenn’s recht ist. Weitere Fragen kriegen wir dann morgen beantwortet. Rufen Sie bitte jetzt noch Ihre Schwester an, damit ich weiß, dass Sie in guten Händen sind." Sichtlich erleichtert nimmt Marion das Angebot an und holt ihr Handy. Sie fasst sich kurz: „Nici, hallo! Bitte, kannst du schnell kommen. Sie haben den Gerhard gefunden, die Polizei ist da."

30.

Auch Nicole hatte bis zuletzt die Hoffnung, dass Marion ihr erzählen wird, ihr Schwager liege in irgendeinem Krankenhaus und alles wäre gut. Aber etwas in der Stimme der Schwester deutet auf andere Umstände hin. Und sie sollte recht behalten. Gleich, als sie zur Tür hereinkommt, fällt ihr Marion um den Hals, beherrscht sich aber, nicht wieder so heftig loszuheulen. „Er ist tot!“, ruft sie. „Gerhard ist tot. Sie haben ihn bei der Donau gefunden!“. Alois Schmalzl mischt sich ein: „Frau Nicole Schellnhuber? Grüß‘ Sie, Schmalzl, Kriminalpolizei.“ Sie löst sich aus der Umarmung und antwortet verwundert: „Ja, richtig, die bin ich. Wieso Kriminalpolizei?“ „Ihr Schwager ist leider auf noch ungeklärte Weise ums Leben gekommen. Wir haben die Aufgabe, wie man so schön sagt, Licht ins Dunkel zu bringen. In den nächsten Tagen wird sich auch mit Ihnen und Ihrem Mann jemand von uns in Verbindung setzen für einen Befragungstermin, gell.“ Die Polizisten verabschieden sich, nachdem sie die geschockte Witwe in guter Betreuung wissen.

„Erzähl, Marion, was haben die gesagt? Was ist passiert?“, hakt Nicole nach, aber Marion kann selbst nicht viel dazu sagen. „Ich, ... ich weiß nicht. Der Schnauzbärtige hat nur erzählt, dass Spaziergänger seine Leiche am Donauufer gefunden haben. Beim Praterspitz. Das Boot hat's irgendwo ang‘schwemmt. Keiner weiß, warum es nicht richtig festgebunden war. Und das Auto war in der Marina. Das haben sie mitgenommen, hat er gesagt.“ Marion ist kreideweiß im Gesicht, ihre Hände zittern und sie wirkt, als stünde sie vor einem Schwächeanfall. Nici weist sie an, sich aufs Sofa zu setzen und die Füße hochzulegen. Sie breitet eine Decke über ihre Beine und will ihrer Schwester ein Glas Wasser geben. Da winkt Marion ab und meint: „Nein, bitte kein Wasser! Ich brauch jetzt was anderes. Etwas mit a bisserl mehr Prozent." Nicole stellt ihr trotzdem das Wasser hin, holt aber auch ein Glas Whisky. „Ist das der, den wir letztens mitgebracht haben?" Sie beäugt die Flasche ganz genau. „Ja, der Zwölfer Lagavulin. Da fehlt aber schon einiges", stellt sie überrascht fest. Marion übergeht die Feststellung geflissentlich und bittet ihre Schwester, sich zu ihr zu setzen, sie müsse ihr etwas erzählen." „Ja", sagt Nici, „aber vorher müssen wir unbedingt Maria und Siegmund anrufen, die wissen ja noch gar nicht, dass ihr Sohn ..." Marion schließt die Augen und atmet schwer: „Bitte, Nici, ich kann das nicht. Sagst du es ihnen?... Bitte!" Auch Nici atmet tief ein und aus und holt ihr Handy aus der Tasche. Das Läuten fühlt sich endlos an, aber dann meldet sich Gerhards Mutter: „Ja, hallo? Nicole? Was verschafft mir das Vergnügen?" In dem Moment ist ihr klar, dass sie das auch nicht einfach so am Telefon sagen kann. Stattdessen fragt sie: „Servus, Maria. Seid ihr zu Hause?" „Ja, warum, was ist los?" „Könnt ihr jetzt gleich hierher zu Marion kommen? Es ist was passiert." „Ja, … ja klar! Wir sind unterwegs!" Maria will keine Zeit mit Fragen verlieren, sie ruft Siegmund, und sie fahren los.

Marion hat sich jetzt so weit gefasst, dass sie ihre eigene Mutter anrufen kann: „Hallo, Mama! Ich muss dir was sagen. Es ist was passiert." Agnes merkt schon am Tonfall, dass es etwas Schlimmes sein muss: „Um Himmels Willen, was denn?" „Der Gerhard ist … tot." Sie schluckt und kann die Tränen nicht verhindern. „Jessas, Kind! Sowas! Wie kann denn das sein? Was ist passiert?“ Die Mutter ist schockiert. Klaus eilt sofort herbei, um sie zu stützen. Da fährt es Agnes heiß durch den Kopf: „Marion! Die Kinder! Was sagen wir der Emilia und dem Marcel?“ „Bitte, jetzt noch gar nix! Lassen wir sie die zwei Wochen dort in Ruhe verbringen. Bis dahin wissen wir vielleicht schon, was passiert ist.“ Die Mutter gibt ihr recht: „Das ist gut, glaub‘ ich. Außer, das Begräbnis wäre vorher. Da sollten sie schon dabei sein können.“ „Ja, Mama. Aber nachdem die Umstände seines Todes ziemlich im Unklaren sind, wird das wahrscheinlich dauern.“ „Die Umstände des Todes? Was heißt das?“ „Er war halt mit dem Boot unterwegs und ist dann tot am Donauufer gefunden worden. Keiner kann sagen, was da genau passiert ist. Das wird jetzt geklärt.“ „Um Gottes Willen!... Weiß es die Nicole schon? Ist sie bei dir?“ „Ja, Mama, sie ist eh da. Ich muss mich jetzt ein bisschen hinlegen. Rufst‘ mich an, wenn ihr morgen wieder zu Hause seid?“ „Mach‘ ich. Stark sein, Kind! Bis morgen!“

Marion hat keine Kraft mehr zu telefonieren. Aber sie will ihrer Schwester noch etwas Wichtiges erzählen, bevor Gerhards Eltern kommen: „Nici, weißt‘, warum wir gestern Vormittag gestritten haben? Es ist diesmal nicht wirklich ums Geld gegangen.“ „Nein? Nicht? Was war es denn dann? Sag bloß…“. „Ja. Er hat mich zuerst zur Bootsfahrt eingeladen und mir dann gestanden, dass er ein G’spusi hat. Mit der Depperten, die wir eh in Verdacht hatten. Und weil mich das so wütend gemacht hat, bin ich ausgestiegen und nach Hause gefahren. Jetzt krieg ich meinen Kopf gar nicht mehr klar, weil ich mir solche Vorwürfe mach‘!“ „Wieso, bitte, willst du jetzt an irgendwas schuld sein?" „Na, was, wenn er wegen dem Streit so verzweifelt war, dass er sich das Leben genommen hat? Immer hab' ich ihm Vorwürfe gemacht wegen dem Geld und gekeppelt und gekeppelt…". „Ich weiß nicht. Der Gerhard war schon irgendwie verzweifelt und manchmal gar nicht gut drauf. Aber ob er so einen Schritt gewagt hätt'? Keine Ahnung… Sag, hast du der Polizei von dem Verhältnis erzählt?" „Nein, natürlich nicht. Erstens hat der Schnauzer noch gar nicht nach Problemen gefragt. Das mit dem Geld hat ihm gereicht. Und außerdem, wenn ich sag, dass ich davon gewusst hab', dann halten die mich noch für verdächtig." Nicole ist etwas unsicher. Sie weiß es jetzt auch. *‚Was soll ich sagen, wenn sie mich irgendwann fragen, ob ich etwas von einem Verhältnis mitbekommen hab'?'* Sie wendet sich zu Marion und sagt mit bestimmtem Ton: „Weißt was, Schwesterherz, wir bleiben beide dabei, dass wir etwas geahnt haben. Aber nur, wenn sie danach fragen. OK?" Als Marion zustimmt, läutet es an der Tür. Maria und Siegmund sind da.

31.

Fritz Mosic und Agathe Perm haben sich alles genau angesehen, und eigentlich könnte nach 16:00 Uhr der Feierabend beginnen. Agathe macht jedoch selten halbe Sachen, deshalb erinnert sie Fritz: „So, jetzt fehlt nur noch der Bericht für morgen. Den sollten wir schriftlich haben. Wie mach ma das?" Fritz hat eigentlich noch etwas anderes vor. Daher versucht er es mit einer gefinkelten Strategie: „Aso, du meinst, WER macht das! Da hätt' ich eine wunderbare Idee! Du schreibst schon einmal, was wir bisher haben, und inzwischen schau' ich noch in der Pathologie vorbei. Die Frau Doktor könnte doch schon ein bisserl was herausgefunden haben. Das schreib' ich nachher dazu. So teilen wir uns die Arbeit. Was meinst'?" Die Kollegin schmunzelt erheitert und antwortet: „Du bist ja ein ganz Gerissener. Willst du dich vor der Schreiberei drücken oder zieht dich was anderes in die Leichenhalle?" „Ah geh, weder noch. Was is' jetzt? Mach ma's so?" „Na gut", schwenkt Agathe ein, „soll ich dich noch hinbringen?" „Nein, nein, ich komm' schon hin. Fahr du nur zu deinem Bericht", drängt Fritz.

Als er die weitläufige Halle mit den vielen Metalltischen und den vielsagenden Türen an der Wand betritt, erspäht er Dr. Winkelmeyer sofort. Sie hat den Leichnam auf dem Tisch platziert und schon so weit saubergemacht, dass sie ihn untersuchen kann. Freudig begrüßt sie den Besucher: „Grüß' Sie, Herr... Mosic, gell?" „Ja, ... Mosic, ... Fritz", stammelt er. „Grüß Gott! Schön, dass ich Sie hier treff'!" Sie hebt die rechte Augenbraue. *‚Oje, was red' ich da für einen Stuss!'*, denkt er. *‚Vorher denken, dann* *reden!'* „Ich mein', schön, Sie zu sehen, Frau Doktor Winkelmeyer!", verbessert er sich. „Alexandra. Sagen's ruhig Alex zu mir." Das ist ihm sehr recht. Allzu förmlich ist er sowieso nicht gern. „Oh, also gut, Alex. Schöner Name, und selten." „Finden's?" „Ja, ich kenn' außer Ihnen keine." Fritz verliert jede Minute mehr Interesse an dem armen Dahingeschiedenen, dafür gewinnt er immer mehr Gefallen an der Ärztin. *‚Sehr nett, die Frau! Und fesch. Jetzt nur net zu forsch sein. Das erste Ziel ist ein Besuch in einem Café. Das müsst' doch gehen!'* Sie holt ihn aus seinem Tagtraum: „Leider sind Sie heute umsonst hergekommen. Ich kann Ihnen jetzt gerade das Gleiche sagen, wie ich schon dem Herrn Schmalzl berichtet hab'. Keine auf den ersten Blick sichtbaren Verletzungen, die vor dem Tod zugefügt wurden. Mein erster Eindruck zur Todesursache: Ertrinken." „Das find' ich nicht schlimm…". „Wie bitte?" „Ich mein' nicht das Ertrinken ist nicht schlimm, sondern ich glaub', ich komm' ganz gern öfter hier vorbei. Das macht gar nix. Könnten Sie nicht auch für heute Schluss machen und eventuell mit mir auf einen Kaffee gehen?" Alexandra lacht laut auf und sagt: „Nein, also das geht wirklich nicht. Jetzt hab' ich den armen Gerhard hier bereit für unser Rendezvous. Das wird meine heutige Nachtbeschäftigung. Und, schwupps, gibt es morgen erste relevante Infos. Vielleicht, aber wirklich nur vielleicht, könnten wir dann morgen zusammen frühstücken."

Etwa zur selben Zeit kommt Alois Schmalzl nach Hause. Der Sonntag hatte es wirklich in sich gehabt, und er ist der Meinung: „Wenn uns schon die Ausfahrt an dem Traumtag ausgefallen ist, dann geh'n wir wenigstens was G'scheites essen. Hast' eh noch nix gekocht, Uschi?“ „Nein…, was haltest du denn vom Griechen? Da waren wir schon ewig nicht.“ Alois ist einverstanden, und sie ergattern sogar noch einen Tisch für zwei.

„Na, was habt’s denn diesmal für a Leich‘? Ist sie hübsch, so wie die letzte?“, ist Uschi neugierig. Alois muss lachen und antwortet: „Nein, diesmal hat es einen Mann erwischt! Zugegeben, wie der noch gelebt hat, muss er ein Fescher gewesen sein, aber jetzt… Du weißt, dass Wasserleichen immer anders ausschauen.“ „Jessas, ja… Und wie heißt der Tote?“ „Gerhard Baumgartner. Immofuzzi von Beruf. Da geht’s um einiges. Allein die Jacht ist schon ein Hammer.“ Uschi grübelt und lächelt dabei. Dann fragt sie: „Ihr werdet doch bestimmt wieder so eine Sonderkommission einrichten, oder?“ „Davon geh‘ ich aus. Wahrscheinlich gleich morgen. Wieso?“ „Ich hab‘ mir nur gerade vorgestellt, ‚SOKO Gerhard‘ klingt irgendwie… blöd, einfallslos.“ Daran hatte Alois noch gar nicht gedacht. Nicht, dass so ein Name bei der Kripo wichtig wäre, aber dieser geht gar nicht. „Da hast du recht Uschilein, hast‘ vielleicht eine gute Idee?“ Es entsteht eine Denkpause, und gerade rechtzeitig werden das Souflaki und das Gyros Spezial serviert. Als Uschi fast fertig ist, hat sie einen Geistesblitz: „Alois, wie heißt denn das Schiff?“ „Amore. Warum?“ „Da haben wir doch schon die Lösung!“ Sie hebt ihr Weinglas und verkündet den Namen: „‚SOKO Amore‘, das wär’s doch, oder?“ Alois schürzt seinen Schnauzbart und sieht im Geiste schon die lachenden Journalisten vor dem Staatsanwalt stehen und sagt mit striktem Ton: „Nein! Auf keinem Fall! Uschi, des geht net!“

32.

Montagfrüh, exakt 8:30 Uhr, steht Fritz Mosic vor dem Eingang zur Pathologie und freut sich auf das Frühstück mit Alex. Er ist etwas nervös und ringt noch mit den Worten, die er gleich brauchen würde. Als ein Kollege in Uniform an ihm vorbeigeht und die Tür öffnet, schließt er sich an und marschiert hinein. Den Gang ein bisschen geradeaus, dann links die erste Tür. Noch ein aufgeregtes Räuspern, und auf geht's. Der bearbeitete Leichnam ist bereits hinter einer der vielen Türen verschwunden, bemerkt er.

„Ah, guten Morgen, lieber Fritz", haucht Alexandra, „sind Sie schon sehr neugierig?" Seine wohlüberlegte Antwort will nicht aus dem Mund kommen, weil er mit dieser Frage nicht gerechnet hat. Seine Schlagfertigkeit ist wohl gerade auf Urlaub. Stattdessen bekommt er nur heraus: „Schönen, guten Morgen!... Neugierig bin ich schon, aber hauptsächlich, ob Sie mit mir frühstücken gehen." Alex denkt: *‚Na, sehr dienstbeflissen ist der Mann nicht. Mit der Tür ins Haus fallen wollen wir sicher nicht. Da müssen wir noch ein bisschen nachhelfen.‘* Sie findet den neuen Kollegen sympathisch und wird seine Einladung wahrscheinlich irgendwann annehmen. „Oh, das wäre so eine nette Idee", sagt sie mit etwas trauriger Miene, „aber das schaff‘ ich nicht. Ich hab‘ die ganze Nacht gearbeitet, ich will jetzt nur mehr ins Bett und frühstücke lieber später." Verständnisvoll antwortet er: „Das versteh‘ ich natürlich. Obwohl…, ich bräuchte wenigstens einen Kaffee nach dieser Session." „Was glauben Sie, was ich in der Nacht getrunken habe?", fragt sie mit einem Augenzwinkern. Eins zu null für Alex. „Ja", steckt Fritz zurück, „dann legen wir gleich dienstlich los. Welche Erkenntnisse haben sich denn ergeben? Ich bin ganz Ohr.“ *‚Geht doch‘,* denkt die Ärztin, *‚immer mit der Ruhe.‘*

„Fangen wir am besten gleich mit dem Todeszeitpunkt an“, beschließt sie. „Das muss zwischen 10:00 und 12:00 Uhr passiert sein, und der Mann ist tatsächlich ertrunken.“ Fasziniert betrachtet er die Erzählende und paraphrasiert, als würde er konzentriert zuhören. „Zwischen zehn und zwölf also…“. „Ja, und alle sichtbaren Verletzungen sind erst im Wasser entstanden, nach Eintritt des Todes. Alle, bis auf zwei leichte Hämatome links und rechts im Schulterbereich. Die fallen kaum auf, man muss sehr genau hinschauen“, erklärt Alexandra. *‚Sie hat total schöne Lippen‘, denkt Fritz. ‚Da muss gar kein Lippenstift dran. So natürlich rot, wie die sind. Die schwarzen Haare sind ein bisschen streng frisiert, aber gut, bei dem Beruf… Der Arztkittel verhüllt ein bisserl die Figur, aber mehr als Größe 40 hat sie nicht… Angenehme Stimme… könnt‘ ich ewig zuhören…‘.* Sie spricht weiter: „Innere Verletzungen konnte ich ebenfalls nicht feststellen. Und er war kerngesund. Der hätte noch ein langes Leben vor sich gehabt.“ Plötzlich vermutet sie, dass der Kollege etwas abwesend ist. „Fritz? Alles klar?“, weckt sie ihn auf. „Ja, ja, die Verletzungen sind nachher entstanden… Da kann ich ja heute bei der Sitzung schon einiges berichten. Danke sehr!“, antwortet er und setzt dann nach: „Wann haben Sie denn heute Dienstschluss? Wie wär’s dann noch mit einem Kaffeetscherl?“ Er freut sich sehr über ihre Antwort: „Ich hör‘ jetzt auf und hab‘ erst morgen wieder Dienst. Ist auch wirklich genug nach der Nachtschicht mit dem

Gerhard. Aber am Abend, so gegen halb sieben hätt‘ ich Zeit.“

33.

Am Montagmorgen kurz vor neun Uhr sitzen Oberleutnant Perm und Major Schmalzl im Kommissariat zusammen und diskutieren die bisher bekannten Fakten. Agathe berichtet: „Auf dem Boot haben wir das Handy und die Hausschlüssel von Gerhard gefunden. Im Kühlschrank waren eine Flasche Champagner und ein paar Brötchen, so als ob Baumgartner zumindest geplant hatte, mit jemand gemeinsam zu fahren, etwas zu feiern oder zumindest eine schöne gemeinsame Tour mit jemand zu machen. Aus dem Navigationssystem geht hervor, dass er allein, oder mit wem auch immer, donauaufwärts bis kurz vor Korneuburg gefahren ist. Dort gab es eine Pause von ca. 15 Minuten, dann hat das Schiff umgedreht und ist wieder Richtung Wien gefahren. Kurz vor Nussdorf wurde der Motor und damit auch das Navi abgeschaltet und es zeigt nichts weiter an." „Ist das Handy passwortgeschützt?", fragt Schmalzl. „Ja, das hab' ich bereits zur KTU gebracht. Die werden auch die Jacht noch genau untersuchen, um eventuelle Fingerabdrücke sicher zu stellen. Wie war denn dein Besuch bei der Witwe?" „Sie hat gesagt, dass sie eigentlich mit ihrem Mann eine Bootstour machen wollte, dass sie sich im Auto gestritten haben und sie wieder ausgestiegen ist. Dann ist sie mit der U-Bahn nach Hause gefahren. Am Nachmittag hat sie sich Sorgen gemacht und mehrfach bei ihm angerufen. Als sie auch bis abends nichts von ihm gehört hat, ist sie zur Wache in der Billrothstraße und hat ihn als vermisst gemeldet." „Wie fandest du ihre Reaktion auf die Todesnachricht?" „Hm, sie war sehr geschockt und hat geheult wie a Schlosshund und konnt‘ sich gar net beruhigen. Ich hab‘ ihr dann empfohlen, dass sie jemand anruft, der zu ihr kommt und dann gewartet, bis ihre Schwester bei ihr ankam. Hab zu der g‘sagt, dass wir sie auch noch befragen werden und dann sind wir gefahren. Sag mal, wo bleibt Fritz eigentlich?“ „Keine Ahnung. Vielleicht hat er verschlafen oder ist noch mal zur Pathologie gefahren.“ „Wieso noch mal?“ „Gestern, nachdem wir in der Marina fertig waren, wollte er auch dorthin. Da hat Frau Dr. Winkelmeyer aber sicher noch nicht viele Ergebnisse gehabt. Also könnt‘ er heut früh noch mal hingefahren sein.“ „Da wir noch nichts Genaues wissen, müssen wir uns ja weiter mit der G‘schicht befassen. Also bilden wir wieder eine SOKO. Wie sollen wir die denn nennen?“ „Na, nach dem Toten Gerhard oder Gerry?“ „Hm, ja, das ginge. Wie wär’s denn mit SOKO Amore?“ „Das klingt ja nach einer Liebesgeschichte. Aber vielleicht ist es eine. Bin gespannt, wie der neue Staatsanwalt, die Kollegen oder die Presse das finden.“ „Manchmal ist es doch gut, wenn d‘ Leut‘ net immer so ernst denken, sondern durch irgendetwas abgelenkt werden. Amore könnte doch genau das bewirken. Und wenn es am Ende ein Unfall oder Selbstmord war, dann passt der Name genauso gut, wie wenn’s Mord oder Totschlag wär, oder?“ „„Schau ma amal, dann seh‘ ma scho‘“, sagte der Blinde.“

34.

Um neun Uhr dreißig kommt Fritz Mosic ins Präsidium und wird von Schmalzl gleich angeblafft: „Was is'n mit dir los? Weißt du nimmer, dass wir uns am Montag immer um neun hier treffen?" „Tut mir leid Chef, ich war zuerst in der Pathologie und Alex, also Frau Dr. Winkelmeyer, kam erst gegen 8:30 Uhr und hat mir von ihrer Untersuchung des Toten berichtet." „Hast du den Bericht gleich mitgebracht?" „Nein, den schreibt sie jetzt noch und schickt ihn dann rüber. Aber ich weiß schon das Wichtigste: Der Mann ist ertrunken und es gibt keine Anzeichen für Kampfspuren oder ähnliches. Also war's wohl ein Unfall oder Selbstmord. Er muss wohl zwischen 10:00 und 12:00 Uhr ertrunken sein. Passt das zu dem, was Frau Baumgartner gesagt hat?" „Die Frau hat erzählt, dass sie gegen neun losgefahren sind, und sie sich im Auto wegen finanzieller Dinge gestritten haben, und sie ausgestiegen und heimgefahren ist. Agathe, kannst du mal bitte prüfen, inwieweit die Finanzen ein Grund für Selbstmord sein könnten. Ich werde später die Frau und die Schwester auch noch mal befragen. Vielleicht gibt es da Hinweise. Fritz, und du siehst zu, dass wir alle Ergebnisse der KTU und den Obduktionsbericht möglichst schnell bekommen. Wichtig wär', dass wir das Handy knacken. Da könnten auch Hinweise für seinen Tod drauf sein. Also, an die Arbeit."

35.

Major Schmalzl fährt im Anschluss an die Besprechung zu Marion Baumgartner. Er möchte persönlich von ihr noch einmal genau hören, wie sie den Samstag verbracht hat. Die Witwe wirkt heute schon gefasster und kann auch über die Ereignisse sprechen. Aber seinem wachsamen Auge entgeht das halbvolle Weinglas auf dem Tisch nicht. *‚Net schlecht, schon um elf Uhr am Vormittag‘,* denkt er. Nach den üblichen Einstiegsfragen, wie es ihr heute gehe und ob sie Hilfe brauche, beginnt er mit den eigentlich interessanten Fragen: „Frau Baumgartner, bitte schildern Sie mir Ihren Tagesablauf vom Samstag so genau wie möglich.“ Warum wollen Sie wissen, was ich gemacht hab‘?“, fragt sie überrascht, „Was hat das damit zu tun, wo mein Mann war?“ „Schau’n Sie, wir müssen von allen Personen im Umfeld des Toten erheben, was sie an dem Tag gemacht haben, damit wir ein konkretes Bild bekommen, wie der Tag Ihres Mannes abgelaufen ist. Da hilft uns jede winzige Kleinigkeit. Also bitte, wie ist es denn bei Ihnen nach dem Streit weitergegangen?“ Marion setzt sich auf die Couch und bietet Schmalzl auch einen Platz an. Ihm fällt auf, dass sie nach dem Glas späht, sie greift aber nicht danach. Langsam und bedächtig beginnt sie zu erzählen: „Also, ich bin ziemlich beleidigt nach Hause gekommen und hab‘ mich zuerst ein bisschen im Garten zu entspannen versucht. Gegen Mittag hab‘ ich mir dann gedacht, ich könnt‘ uns ein gutes Versöhnungsmahl machen, wenn Gerhard nach Hause kommt, und bin mit dem Auto zum Billa einkaufen gefahren. Danach wollte ich noch das schöne Wetter nützen und bin ein paar Runden geschwommen und in der Sonne gelegen. Irgendwann hab' ich mich dann langsam gewundert, wo Gerhard bleibt. So lang war er sonst nie mit dem Boot weg. Da hab' ich angenommen, dass er sauer war wegen dem Streit, und gedacht, er wird schon kommen. Gegen 18:00 Uhr bin ich dann in die Küche gegangen und hab' das Essen vorbereitet. Das Chili con Carne kann man im Fall des Falles noch einmal wärmen, und der Gerhard hat mein Rezept geliebt." Eine einzelne Träne kullert über ihre Wange. „Ich hab' ihn dann mehrmals auf seinem Handy angerufen, aber er hat nicht abgehoben. Ach ja, mit Nici hab' ich auch telefoniert. Ich wollte meine Sorge irgendwo loswerden. Zur Polizei bin ich dann erst später am Abend gegangen, weil ich es einfach nicht mehr ausgehalten habe."

Der Major hat eifrig mitnotiert und überfliegt noch einmal das Geschriebene. Dann sieht er Marion an und sagt: „Danke für die Schilderung! Sagen Sie, hat Sie irgendjemand gesehen, die lange Zeit über im Garten?" Marion zuckt mit der Schulter: „Das weiß ich nicht. Sie sehen eh die dichte Hecke. Und ich pass' nicht auf, was sich dahinter abspielt. Tut mir leid." „Verstehe… Und Ihre Ehe? War bei Ihnen alles in Ordnung oder gab es Probleme?" „Naja", antwortet Marion, „Probleme… Schon ein bisschen. Die Finanzen halt, das hab' ich eh schon gesagt. Da haben wir schon manchmal diskutiert." Jetzt achtet Schmalzl besonders auf ihre Reaktion: „Denken Sie, dass sich Ihr Mann deshalb was angetan haben könnte? Oder haben Sie einen Abschiedsbrief gefunden?" Marion atmet tief ein und überlegt kurz: „Nein, Brief hab' ich keinen gefunden. Aber wie wir weggefahren sind, war er auch noch sehr gut drauf… Trotzdem, nach dem Streit… Unmöglich ist es nicht.“ Nach ein paar Schweigesekunden hängt sie noch an: „Aber ich glaub‘ eher, dass er ertrunken ist, weil er doch nicht schwimmen kann. Es muss ein Unfall gewesen sein.“ Schmalzl hebt den Blick von seiner Mitschrift und sagt erstaunt: „Was? Er konnte nicht schwimmen? Und das sagen Sie erst jetzt?“ „Daran hab‘ ich noch gar nicht gedacht. Ich hab's einfach vergessen!“ Sie schaut den bärtigen Polizisten schuldbewusst an und unterstreicht die Aussage mit ausgebreiteten Armen. „Hm, dann würde ich noch gern wissen, wann Ihre Kinder zurückkommen. Sie haben gesagt, die sind im Ferienlager?“ „Ja, im Sommercamp in der Steiermark. Übernächsten Samstag kommen sie wieder. Wir haben beschlossen, also meine Eltern und ich, dass wir es den beiden erst sagen, wenn sie wieder zu Hause sind. Das Begräbnis wird eh nicht vorher stattfinden können, nehme ich an.“ Das bestätigt Schmalzl, dann kommt er langsam zum Schluss. „Ich verstehe sehr gut, dass Sie den Kindern persönlich vom Tod ihres Vaters erzählen wollen… Frau Baumgartner, was noch wichtig wär‘, kennen Sie die Passwörter Ihres Mannes? Von Handy und Laptop?“ Das verneint sie, sie hätten nie ihre Passwörter ausgetauscht. „Verstehe. Dann war es das für heute. Herzlichen Dank für Ihre Hilfe. Wir melden uns wieder bei Ihnen.“ „Sehr gern“, antwortet Marion, „Auf Wiedersehen, Herr Schmalzl!“ Im Hinausgehen dreht er sich noch einmal um und sagt: „Ah, fast hätt‘ ich es vergessen. Haben Sie vom Billa vielleicht noch die Rechnung?“ „Nein, ich nehm‘ die Belege nie mit“. „Haben Sie bar bezahlt?“ „Nein, mit Karte, wie fast immer.“

36.

Um 14 Uhr am Montag trifft sich das Ermittlerteam im Präsidium. Inzwischen sind außer Major Schmalzl, Hauptmann Mosic und Agathe Perm auch Leutnant Hans Vilsmair und die junge Anwärterin, Carola Seidl, zur SOKO Amore dazugekommen. Sie tauschen miteinander aus, was sie bis jetzt wissen. Fritz Mosic berichtet. „Auf dem Boot wurden Fingerabdrücke von mehreren Erwachsenen und zwei Kindern gefunden." Major Schmalzl sagt, er solle die Abdrücke mit denen des Toten und seiner Frau abgleichen und natürlich prüfen, ob welche in der Polizeidatensammlung gespeichert sind. „Und wenn ihr bei Frau Baumgartner seid, fragt sie mal, wer nach ihrer Kenntnis schon mal mit dem Boot mitgefahren ist, damit wir das Ganze eingrenzen können."

Schmalzl erklärt noch mal für alle, dass Frau Baumgartner ihm gesagt habe, dass sie am Samstag nicht mit aufs Boot gekommen, sondern nach einem Streit aus dem Auto ihres Mannes ausgestiegen und mit der U-Bahn nach Hause gefahren sei. „Da gibt es eventuell Videos aus den Öffis. Hans, such mal danach bitte." „OK, Chef." Schmalzl erläutert weiter: „Von zu Hause ist sie dann angeblich mit dem Auto zum Einkaufen gefahren, kann sich aber nicht genau an die Zeit erinnern. Fritz und Agathe, wenn ihr zur Ehefrau fahrt, prüft das bitte genau und fahrt auch zum Supermarkt, in dem sie war, um vielleicht einen Beleg zu bekommen, denn sie hat mit Kreditkarte bezahlt. Daraus müsste sich die Zeit ermitteln lassen. Und dann hat sie mir noch etwas sehr Wichtiges gesagt: Ihr Mann konnte nicht schwimmen. Das sollten wir bei unseren weiteren Ermittlungen berücksichtigen."

Agathe klärt die Gruppe auf, dass sie bisher nicht sehr viel über die finanzielle Situation des Ehepaares herausgefunden habe. „Die Frau hat ein regelmäßiges Einkommen von knapp zweitausend Euro im Monat aus ihrer Arbeit in einer Boutique im Stadtzentrum. Gerhards Einkünfte sind sehr unregelmäßig, was bei einem Immobilienmakler aber nicht ungewöhnlich ist. Die letzten drei Jahresabschlüsse waren allerdings laut Auskunft aus dem Register negativ, also es wurde kein Gewinn erzielt. Das könnte also tatsächlich ein Grund für einen Selbstmord sein."

„Hat die KTU schon das Handy des Toten geknackt?" „Nein, noch nicht", antwortet Vilsmair. „Ich mach noch mal Druck." „Gut so", sagt Schmalzl. „Das brauchen wir dringend, wer weiß, was wir darauf finden." Dann fragt er weiter: „Fritz, haben wir schon den Obduktionsbericht?" „Nein noch nicht, aber ich werd' gleich noch mal bei Alex, also Frau Dr. Winkelmeyer nachfragen."

Schmalzl grinst ihn spöttisch an und sagt in freundlichem Ton zur jungen Aspirantin: „Carola, du kannst mal in der Nähe der Fundstelle der Leiche und des Bootes nach Dingen suchen, die uns eventuell einen Hinweis auf den ganzen Vorgang geben. Such einfach mal das Ufer an beiden Stellen ab. Vielleicht findest du etwas, das die Spusi übersehen hat. Hat jemand eine Idee, was wir mit der Presse machen?" Agathe schlägt vor, nur eine kurze Notiz herauszugeben, dass die Polizei eine männliche Leiche am Donauufer gefunden hat. „Da wir noch zu wenig

Details wissen, können wir noch nicht nach möglichen Zeugen fragen, oder?" „Das seh' ich auch so, dann schick' eine Info an die Presseabteilung, dass sie die an die Journaille rausgeben."

37.

Als Agathe Perm und Fritz Mosic bei Frau Baumgartner eintreffen, wundert diese sich, dass schon wieder die Polizei bei ihr vor der Tür steht. „Ich hab‘ doch Herrn Schmalzl heute Früh schon alles gesagt. Was wollen Sie denn noch?“ Fritz antwortet beruhigend: „Wir haben Verständnis dafür, dass Sie sich ein bisschen Ruhe wünschen. Den Verlust des Ehemannes kann man nicht so einfach wegstecken. Aber bitte verstehen Sie auch uns bei der Polizei, wir wollen so schnell wie möglich klären, unter welchen Umständen Ihr Mann zu Tode gekommen ist.“ Agathe sagt ihr, dass sie ihre Fingerabdrücke bräuchten. „Wieso das denn?“, braust sie auf, „bin ich jetzt irgendwie verdächtig?“ „Frau Baumgartner, wir haben viele Fingerabdrücke auf dem Boot gefunden und wir müssen herausfinden, von wem die stammen. Legen Sie also bitte Ihre rechte Hand hier auf dieses Tablet, danke. Und jetzt die Linke.“ Fritz fragt: „Wer ist denn nach Ihrer Erinnerung alles mit dem Boot mitgefahren, außer Ihrer eigenen Familie.“ Marion überlegt: „Hm, meine Eltern, meine Schwiegereltern, meine Schwester und ihr Mann, unsere Freunde Martin und Christa. Sicher hat Gerhard auch mal einen Kunden oder eine Kundin mitgenommen, da weiß ich aber nichts Genaues.“ „Vielen Dank, Frau Baumgartner. Dann werden wir uns die Abdrücke von Ihrer Familie und den Freunden besorgen und schauen, welche Personen übrigbleiben.“ Agathe wirft ein: „Sagen’s, Frau Baumgartner, Ihr Mann war Nichtschwimmer, hat er denn auf dem Boot immer eine Schwimmweste getragen?“ „Wenn ich dabei war, nicht. Ob er eine angezogen hat, wenn er allein gefahren ist, kann ich nicht sagen. Er war nicht wirklich ängstlich, sondern fühlte sich auf dem Boot relativ sicher. Er wollte auch nicht, dass zu viele Leute erfahren, dass er nicht schwimmen kann. Außerhalb der Familie hat das niemand gewusst.“ Die beiden Beamten schreiben sich noch die Adressen der zu überprüfenden Personen auf und verabschieden sich.

Im Billa in der Weinberggasse wollen sie mit der mürrischen Marktleiterin die Kreditkartenbelege vom Samstag heraussuchen. „Als ob ich nix Besseres zu tun hätt‘, als die Kassenzettel zu durchwühlen“, schnaubt sie verächtlich. „Hören’s Frau Pradic, wir machen auch nur unsere Arbeit, um den Tod eines Menschen aufzuklären. Dabei können Sie uns helfen. Wir suchen auch gern die Belege durch, wenn Sie sie uns zur Verfügung stellen.“ „Ich kann Ihnen die aber net mitgeben, dann kriag i Ärger.“ „Des muaß a net sei. Wir durchforsten die Zettel hier und machen uns Kopien von denen, die für uns wichtig sind. Die Originale müssen Sie natürlich aufheben.“ Missmutig holt Frau Pradic eine Kiste hervor mit den Belegen vom vergangenen Samstag und sagt: „Na dann viel Spaß damit,“ und verlässt das Büro.

Nach einigen Minuten findet Fritz einen Beleg: „Schau, Agathe, der kann es sein. Die letzten Zahlen stimmen mit ihrer Karte überein. Das müssen wir noch genau prüfen. Demnach hätte sie um 13:42 Uhr einen Betrag von 36,89 Euro bezahlt. Damit hätte sie bisher jedenfalls kein Alibi. Und wenn Hans keine Videos aus der U-Bahn findet, in dem erkennbar ist, dass sie am Vormittag gegen 9:30 bis 10:30 Uhr nach Hause gefahren ist, dann bleibt das auch so.“

Die beiden machen sich anschließend auf den Weg, um noch ein paar Fingerabdrücke und weitere Aussagen einzusammeln, bevor sie zurück ins Präsidium fahren. Dort schreibt Agathe wieder den Bericht, denn Fritz hat noch eine Verabredung.

38.

Fritz hat es geschafft. Er sitzt mit Alexandra im Café Schopenhauer, nicht weit entfernt vom Pathologischen Institut. Sie hatte das vorgeschlagen, es sei für sie das schönste Kaffeehaus in Währing. Ihm war alles recht, also hat er den Vorschlag angenommen. Jetzt freut er sich darüber, denn es ist wirklich sehr gemütlich hier. Das typische Wiener Flair wird durch die großen Rundbogenfenster und den langgezogenen Holztresen verstärkt. Die Platzaufteilung ist sehr angenehm, es sitzt nicht einer auf dem anderen. Die gruppenweise Positionierung der Tische ermöglicht eine diskrete Unterhaltung.

„Schön, dass sich das für uns heute ausgeht!", sagt Fritz. Alex nippt an ihrer Melange und lächelt ihn an. „Ja, finde ich auch", antwortet sie. Die beiden kommen bei ihrem angeregten Gespräch vom Hundertsten ins Tausendste, dabei fällt nicht ein einziges dienstliches Wort. Das eine oder andere ehrlich gemeinte Kompliment tut Alexandra gut, und so genießen beide den Augenblick. Es ist fast 18:00 Uhr, als Fritz meint: „Es ist schon beachtlich, dass wir so lang hier sitzen, ohne vom Diensttelefon gestört zu werden." Sie lacht und ermahnt ihn: „Ui, verschrei das nicht! Du weißt schon, kaum sagt man sowas…". Sie legt den Zeigefinger auf ihren roten Mund. Er meint dazu: „Was ist, wollen wir es herausfordern und noch was essen gehen?" „Du hast ja Ideen! Aber warum nicht. Jetzt schlägst aber du ein Lokal vor, vielleicht nicht so weit weg. Kennst du was?" „Na klar! Wenn wir bei traditionell und rustikal bleiben wollen, dann wär' ich für das Fischer Bräu in der Billrothstraße." „Gut, das kenn' ich nicht, aber ich lass' mich gern überraschen." Sie gehen zu Fuß dahin, denn Alex meint, man müsse sich die doppelten Kalorien verdienen. „Erst Kuchen und Kaffee, dann deftige Wirtshauskost!", meint Fritz. „Na, da muss ich die Speisekarte noch genau prüfen", kündigt Alex an. Sie ergattern einen der allerletzten Plätze ganz hinten im schattigen Garten unter den alten Kastanien. Bei einem Glas Fischer Bräu studieren sie die Karte und entschließen sich dazu, gemeinsam eine Stelze zu nehmen. „Das hab' ich ja schon lang nimmer gehabt", schwärmt Alex, „einfach herrlich! Der Kren und das Brot! Und dazu das Bier aus der hauseigenen Brauerei! Was für ein guter Tipp, dieses Lokal!" Fritz ist mit sich und der Welt zufrieden und genießt jeden Bissen von der Schweinshaxen. Eine Nachspeise ist für beide unmöglich, sie sind pappsatt. Alex trinkt noch ein kleines Bier, Fritz nicht mehr, der muss ja noch das Auto abholen, das vor dem Kaffeehaus parkt. *‚Fast unheimlich, wie locker und frei man sich mit Alex unterhalten kann. Aber ich hab' schon gemerkt, ich darf nicht zu schnell sein. Geduld Alter!'* Seine Gedanken schlagen jäh um, als er auf die Uhr blickt. Es ist fast neun, er sollte lieber langsam ans Heimgehen denken. Alex hat volles Verständnis dafür, dass Fritz nicht bis Mitternacht an seinem Bericht arbeiten möchte. Er bringt sie noch mit dem Wagen bis zu ihrer Haustür und macht sich auf den Heimweg.

Zu Hause kommt, was kommen muss. Evelin ist gar nicht entzückt, und die Begrüßung fällt frostig aus: „Jessas, Fritz! Wo warst' denn wieder so lang? Es is' halb zehn. So lang bist du doch niemals im Dienst! Zu erreichen bist' auch nicht!" „Ah geh, Lini, wo soll ich denn sonst sein? Wir haben wieder a Leich', und da geh'n alle im Kreis. Da nimmt die Arbeit ka' End'." „Ja, eh… und da geht's ihr bis um neune oder zehne die Leut' befragen, oder was?" „Na, des net. Aber die Besprechungen und die Berichte brauchen halt ihre Zeit. Und der neue Fall ist unheimlich kompliziert. Wir haben einen Mann aus der Donau g'fischt. Da is' nicht rauszukriegen, wie der umgekommen ist. Schaut irgendwie aus, als wäre der einfach von sein' Boot g'fallen. Herzinfarkt ausgeschlossen, der Mann war pumperlg'sund." Fritz hofft, Evelin für die Geschichte zu interessieren, und so keine weiteren Begründungen für seine Absenzen zu Hause zu brauchen. Aber so einfach ist das nicht für eine vernachlässigte Freundin. „Ich sag dir was, Fritz, lass mich nicht auf irgendwas draufkommen!", schmeißt sie ihm hin. „Für blöd kannst du wen anderen verkaufen, aber mich nicht!" Mit diesen Worten wirft sie ihm das Bettzeug für die Couch vor die Füße, knallt die Schlafzimmertür zu und geht fernsehen.

39.

Es ist Dienstagmorgen und Dr. Emil Kantenhuber hört wie gewohnt die Nachrichten auf Ö3. Herr Kantenhuber ist der neue Staatsanwalt, der Zoran Tadic abgelöst hat. In Anbetracht seines Amtes wundert er sich sehr über den Beitrag, den er gerade vernehmen muss.

„Bereits am Sonntagvormittag wurde am Donauufer beim Praterspitz in Wien die Leiche eines Mannes geborgen. Seine Motorjacht hat man an einer anderen Stelle gefunden. Die Umstände seines Ablebens sind noch völlig unklar."

„Meine Herrn, die trauen sich was! Hast du das gehört? Die geben das an die Presse, bevor ich piep sagen kann! Das gibt heute ein nettes Gespräch mit dem feinen, eingespielten Team", sagt er zu seiner Frau, und widmet sich wieder dem Frühstück. Er ist mit seinen 52 Jahren um einiges älter als sein Vorgänger und kann mit viel Erfahrung aufwarten. Da wird eine kleine Aufklärung über die noch immer geltende Hierarchie kein Problem sein. Renate fragt: „Was? Du bist noch gar nicht informiert? Das ist ja arg!" Sie streicht mit der Hand über seine Stirnglatze. Sein noch immer dunkles Haar ist recht dünn gesät. Die Gattin meint immer, das gäbe ihm einen männlichen Touch, was ihn nicht überzeugt. Er ist viel größer als sie und auch etwas korpulent. Tatsächlich macht er in seinem saloppen Anzug trotzdem einen sehr seriösen, ordentlichen Eindruck.

Schmalzl und Co. hatten erst ein paarmal das Vergnügen, mit ihm zu sprechen. Der Fall Baumgartner ist ihr erster gemeinsamer, und er beginnt, wie es scheint, etwas holprig zu laufen.

„Guten Morgen, meine Herren und auch die Dame!“, begrüßt er die Runde Schmalzl, Mosic und Perm zur Fallbesprechung. „Sagen Sie, kann es sein, dass Sie eine Kleinigkeit vergessen haben, bevor Sie der Presse Bescheid gegeben haben?“ Alle drei schauen etwas verlegen drein, sie haben die Durchsage auch gehört. Alois meldet sich zu Wort: „Herr Dr. Kantenhuber, das tut mir sehr leid! Aber wir haben der Presse noch nichts gesagt. Keine Ahnung, wo da was durchgesickert ist.“ „Hm, dann passen Sie in Zukunft besser auf! Ich möchte als Erster informiert werden. Von Sonntag bis Dienstag ist definitiv zu lang.“ Nach einer kurzen Pause fügt er an: „Ach ja, den Doktor können’s weglassen. Das is‘ mühsam auf die Dauer… So, jetzt geh’n wir es aber an. Herr Schmalzl, was wissen wir denn schon? Haben die im Radio recht, wenn die sagen, es ist alles noch unklar? Ein paar Erkenntnisse wird es doch nach zwei ganzen Tagen schon geben, oder?“ Alois nickt und berichtet, was sie bisher herausgefunden haben und dass sie hoffen, dass die KTU heute Handy und Laptop von Herrn Baumgartner knacken kann. Davon erhoffen sie sich nähere Infos darüber, ob es Selbstmord gewesen sein könnte.

Fritz macht sich auf den Weg zur KTU, schaut aber auf dem Weg vorher noch bei Alexandra vorbei. „Das war so ein schöner Abend gestern mit dir. Das würde ich gern bald wiederholen“, strahlt er sie an. „Ja“, antwortet sie, „Ich hab‘ mich selten so gut amüsiert.“ Viel Zeit zum Plaudern haben sie nicht, Fritz muss weiter, aber nicht ohne sich vorher mit der Angebeteten wieder zu verabreden. „Magst‘ heute Abend vielleicht in eine Bar gehen. Das *Halbestadt* in den Stadtbahnbögen kann ich empfehlen. Die sind bekannt für ihre klassische Cocktail-Kultur." Alex sagt freudestrahlend zu. „Holst' mich um halb sieben ab?" „Aber mit Vergnügen!"

40.

Fritz kommt in die Kriminaltechnik und geht zur Kollegin Gabi Holzinger, die sich mit dem Laptop und dem Smartphone von Gerhard Baumgartner befasst hat. „Hallo Gabi, na, wie schaut's aus? Hast scho' was für mich?" „Das Smartphone hab' ich entsperrt, aber den Laptop konnte ich noch nicht knacken." „Und, gibt's auf dem Handy etwas für uns Wichtiges?" „Ich sag mal so: Der Chatverlauf und die vielen Telefonate mit Luisa Strasser sind schon sehr interessant." „Mit wem?" „Schau selbst: Hier ist die Liste der Telefonate der letzten zwölf Monate. Gerhard und Luisa haben fast täglich, oft mehrfach am Tag telefoniert. Allerdings seit letztem Mittwoch nicht mehr." Fritz sieht sich die dreiseitige Liste an und pfeift durch die Zähne. „I tät' sag'n, da lief was zwischen den beiden." „Pfiffiges Kerlchen, der Hauptmann Mosic. Aber wenn du dir mal den Chatverlauf vornimmst... Also ich hab' rote Ohren bekommen, bei dem, was die beiden so miteinander ausgetauscht haben. Wenn ich mir dann die Wirklichkeit vorstelle, tät' ich sag'n: Da haben zwei geile Typen ziemlich oft miteinander geschnackselt." Gabi gibt Fritz einen Ausdruck der Chats zwischen Gerhard und Luisa, und Fritz setzt sich an einen benachbarten Schreibtisch und liest.

Donnerstag, 6. Juli 2023

Gerry, tut mir leid wegen gestern. I hab des net so g'meint. Simma wieder gut?

Mittwoch, 5. Juli 2023

Hallo Süße, ich komme gleich. Muss dir was Wichtiges sagen.

Geil, soll ich mich schon mal ausziagn?

Mittwoch, 28. Juni 2023

Hallo Lu, ich bin auf dem Weg. Hast du ‘n Prosecco oder soll ich einen mitbringen?

Liegt schon hier rum und wird so heiß wie i, wenn’st net bald kommst.

Freitag ,23. Juni 2023

Gerry, was ist jetzt? Könn ma am Wochenende mit dem Boot fahrn?

Nein, Marion hat das Wochenende anders verplant. Tut mir leid Süße, hätt gern einen Ausflug mit dir gmacht.

Gerry, das nervt. Kannst du dich net mal durchsetzen? Schon wieder ein Wochenende allein. Das kann so net weiter gehn.

Und so setzt sich die Unterhaltung zwischen den beiden fort. Fritz scrollt zurück und schaut sich die ersten Chats zwischen den beiden an:

Donnerstag, 21.Juli 2022

Hey du wüster hengst, die Nummer werd ich net so schnell vergessen. Wann kommst no amal?

Dienstag, 2. August 2022

Hallo mein Lieber, i brauch deine Hilfe. Hab mir a neues Bild kauft und weiß net so recht, wo ich es hinhängen soll. Deine Meinung dazu wär mir echt wichtig. Kannst mal kurz vorbeischauen, bitte.

Ich hab nicht viel Zeit, aber heute Nachmittag zwischen zwei Terminen könnt ich mal kurz zu dir kommen. Wär dir 14 h recht?

Ja, des passt. Möchtest du dann auch eine kleine Jause?

Nein, ein Kaffee genügt.
Bis nachher.

Fein, bis gleich. Bussi.

Freitag, 12. August 2022

Gerry, die Nummer auf der AMORE könnten wir bald noch mal machen. Das schaukelt so schön.

Von diesem Tag an gibt es täglich irgendwelche Botschaften und die sind nicht immer jugendfrei. Im Oktober sind die beiden wohl zusammen nach

München gefahren. Und ansonsten haben sie sich scheinbar meistens in Luisas Wohnung vergnügt. Sie scheint ein großes Bett zu haben...

Fritz fragt: „Sag Gabi, hast du die Adresse von Luisa?“ „Ja, die wohnt am Wienerberg.“ „Dann muss ich die Dame wohl mal besuchen.“ „Willst du bei ihr landen, oder wieso bestellst du sie nicht einfach ins Kommissariat? Und was sagt die Eveline dazu, wenn‘st allein zur Frau Strasser fährst?“ Fritz läuft knallrot an und stammelt: „Des ist doch eh nur dienstlich.“ „Am Wienerberg? Dienstlich ist im Präsidium, du Casanova.“

Fritz tippt Luisas Nummer in sein Handy ein und ruft bei ihr an. „Strasser, hallo?“ „Grüß Gott Frau Strasser. Hauptmann Mosic, Kripo Wien.“ „Kripo? Was woll'ns von mir? Hab i falsch ‘parkt oder was?“ „Für so was rufen wir nicht an. Da bekommen Sie a Bemmerl von den Kollegen vom Verkehr. Also: Ich möchte Sie als Zeugin befragen. Kommen Sie bitte heute Nachmittag um 14 Uhr ins Präsidium.“ „Ups, worum geht's denn?“ „Das erkläre ich Ihnen heute Nachmittag.“ „Aber um zwei kann i net, da hab i an wichtigen Kundentermin. Geht's a um vier?“ „Ja, das geht auch. Also dann bis 16 Uhr.“

41.

Agathe Perm sitzt konzentriert im Büro an ihrem Schreibtisch und macht eine genaue Aufstellung von den Fakten, die das Team bereits zusammengetragen hat. Sie möchte gerade damit beginnen, die Fotos und Notizen zur besseren Übersicht an der Pinnwand anzubringen, als ihr Telefon brummt. Ein überraschter Blick auf das Display lässt sie das Arbeitsmaterial auf den Tisch zurücklegen und den Raum verlassen. Dabei wirkt sie etwas verlegen, so als wäre ihr der Anruf mehr als unangenehm. Verwunderte Blicke folgen ihr. Fritz und Alois werfen einander fragende Blicke zu. Es war nicht zu erkennen gewesen, ob Agathe eben erfreut oder erschrocken reagiert hat. Auch ob privat oder dienstlich, bleibt ungeklärt. „Auf jeden Fall war es eine Überraschung“, meint Fritz bemerkt zu haben.

Auf dem Gang späht sie nach eventuellen Zuhörern, und als die Luft rein ist, spricht sie mit leiser, unsicherer Stimme: „Hallo?... Herr Tadic?... Was verschafft mir die Ehre?“ Viel fröhlicher klingt seine Antwort: „Hallo, Frau Perm! Oder eigentlich dürfte ich ja Agathe sagen, ich bin ja nicht mehr dein Chef.“ „Ja,… aber…“, stottert sie. „Nix aber! Wir wären schon längst beim Du, wäre da nicht die dienstliche Schranke gewesen. Jetzt ist die Sachlage eine ganz andere, und ich muss immer daran denken, wie schön es mit uns hätte werden können.“ „Herr Tadic, … also gut, Zoran, das ist schon richtig. Ich meine, das mit dem Du.“ Sie wandert telefonierend den

Gang entlang, weg vom eigenen Büro und hofft, dass niemand durch irgendeine Tür kommen möge. „Zoran, hör bitte zu. Ich bin im Dienst und kann gerade nicht ungestört reden. Können wir vielleicht später noch einmal…". Er unterbricht sie: „Ja, gern, dann ruf' ich später noch einmal an!" Etwas lockerer geworden, teilt sie ihm mit, dass sie gegen 22:00 Uhr sicher zu Hause sei. „Das ist gut", sagt Zoran, „Ich meld' mich. Überleg dir doch bitte inzwischen, ob wir uns nicht morgen Abend sehen könnten. Ich würde dich sehr gern zum Essen einladen und endlich wieder mit dir plaudern."

Agathe war nicht nur über den Anruf überrascht. Auch die Tatsache, dass sie sich unheimlich darüber gefreut hat, lässt sie schmunzeln. *‚Hm, hat der tatsächlich angerufen! Es hat scho' Sinn, sich beim Universum was zu wünschen.'* Mit dem festen Gedanken, dass sie für morgen zusagen würde, betritt sie das Büro, um dort weiterzumachen, wo sie aufgehört hat. Sensibel, wie sie ist, erkennt sie in den Gesichtern der männlichen Kollegen eine gewisse Neugierde. Bevor aber auch nur einer von ihnen die Möglichkeit hat, Fragen zu stellen, prescht sie vor: „Fritz, du warst doch in der KTU? Hast' was für unsere Pinnwand? Bin gerade dabei, sie zu bestücken." So direkt angeschossen, muss er erkennen, dass die Chance vertan ist, Agathe ein bisschen aufzuziehen, und er antwortet: „Klar hab' ich was. Und WAS ich habe! Eine neue, sagen wir mal, Zeugin." Alle Aufmerksamkeit ist bei ihm, und er erzählt von den Infos aus der Kriminaltechnik. „Und zur Krönung des Tages", sagt er mit geschwellter Brust, „beehrt uns Frau Luisa Strasser noch heute um 16:00 Uhr hier im Präsidium." Alois ist begeistert über diese Wendung und bestimmt: „Fritz und Agathe, ihr zwei befragt sie nachher im Verhörraum. Ich schau euch zu und beobachte die junge Dame genau." Auch A-gathe ist sehr erfreut, dass sich jetzt etwas tut und strahlt: „Endlich kommen wir in die Hufe! Genauso machen wir es." Dann schnappt sie ihre Fotos und Notizen und widmet sich der großen Tafel. Neben Gerhard Baumgartners Foto lässt sie jetzt einen Platz frei und fragt: „Haben wir von der Dame schon ein Bild?"

42.

Luisa Strasser sitzt im Verhörzimmer, Mosic und Perm kommen herein und nehmen ihr gegenüber Platz. Den angebotenen Kaffee lehnt die Zeugin ab, sie möchte gern ein Glas Wasser. Während Agathe dieses holt, beginnt Fritz das Gespräch: „Guten Tag, Frau Strasser. Danke, dass Sie sich für uns Zeit genommen haben." Noch bevor Luisa ihre wichtigste Frage stellen kann, nimmt Fritz die Antwort vorweg: „Wir befragen Sie heute als Zeugin zum Tod von Herrn Gerhard Baumgartner." Sofort weicht jede Farbe aus Luisas Gesicht, und erschrocken fragt sie: „Um Gottes Willen, was ist denn passiert?" In diesem Moment kommt Agathe mit dem Glas Wasser und Luisa trinkt gierig. „Lassen Sie uns erst gemeinsam ein paar Fragen beantworten", sagt Agathe. „Ihrer Reaktion zufolge ist Ihnen Herr Baumgartner also bekannt. Woher und seit wann kennen Sie ihn denn?" Luisa schluckt, und nach ein paar Sekunden antwortet sie leise und verhalten: „Vor ungefähr einem Jahr hat er mir die Wohnung verkauft." Fritz hakt nach: „Und wie gut kannten Sie sich? Hatten Sie nach dem Geschäftsabschluss noch häufiger Kontakt?" „Naja, ein paarmal schon. Wir waren uns gleich sympathisch und sind ein paarmal auf einen Kaffee und was essen gegangen." „Mehr nicht?" Fritz legt einen skeptischen Blick auf. „Nein. Wieso?" Agathe übernimmt: „Naja, wissen's, wir haben da eine kleine Liste mit Nachrichten, die Sie mit Herrn Baumgartner ausgetauscht haben. Zum Beispiel: Hey du wüster Hengst! Die Nummer werd' i net so schnell vergessen. Wann kommst' denn noch mal?... Oder: Gerry, die Nummer auf der AMORE könnten wir bald nochmal machen. Das schaukelt so schön." Alois Schmalzl, der im Nebenraum durch das Spiegelglas zusieht und alles hört, denkt: *‚Schau, schau, wie schnell bei der Dame die Gesichtsfarbe wechselt.'* Tatsächlich wird sie sehr verlegen und sagt schnell: „Hören's auf! Ja, stimmt. Irgendwann sind wir im Bett gelandet. Aber das konnt' ich doch net gleich zugeben. Der Mann ist doch... war... verheiratet. Und überhaupt find' ich das arg, was die Polizei alles darf!" Luisa gerät etwas in Rage. „Sie brauchen sich deshalb nicht angegriffen zu fühlen. Wir müssen halt in alle Richtungen ermitteln. Und eine Geliebte macht sich in einem ungeklärten Todesfall nie gut. Das müssen's schon verstehen", versucht Agathe die Verärgerte zu beruhigen. Luisa atmet durch und schaut die beiden Polizisten böse an. „Und wie war das jetzt so? War die Affäre noch am Laufen?", fragt Fritz etwas unsensibel. „Nein, er hat sie letzte Woche beendet. Aber ich hab' ihm nix gemacht! Das müssen Sie mir glauben!" Während sie den letzten Satz spricht, fällt ihr ihre Drohung ein, die sie Gerhard nachgeschrien hat. Sie sieht das offene Fenster vor sich. Also muss ihr schnell etwas einfallen, und sie setzt nach: „Obwohl ich ihm was Schlimmes nachg'rufen hab', wie er gegangen ist. Das hab' ich aber nicht so gemeint. Das war nur in der Wut." „So, was war denn das? Haben sie ihm gedroht?" „Naja, erst hab' ich gesagt, das wird ihm noch leidtun. Und dann ist mir rausgerutscht ‚Wenn'st jetzt gehst, bring ich dich um!'". Agathe macht die Aussage stutzig, und sie will wissen: „Warum erzählen Sie uns das? Das belastet Sie doch." „Besser, Sie hören das von mir, als meine Nachbarin erzählt es Ihnen. Die hat mich am nächsten Tag drauf angesprochen. Mein Fenster war offen, und sie hat alles gehört... Kann ich bitte jetzt doch einen Kaffee?“ Agathe bittet jetzt den Uniformierten an der Tür, diesen zu besorgen.

Fritz setzt nochmal beim Schlussmachen an: „Frau Strasser, warum hat der Herr Baumgartner das G’spusi beendet?“ „Also, G’spusi war das keines, bitt’schön. Das war eine ernste Beziehung. Aber dann hat der Kerl kalte Füße bekommen. Er hat das Doppelleben nimmer ausgehalten. Dazu die finanziellen Schwierigkeiten.“ „Welche Schwierigkeiten genau?“, fragen Mosic und Perm wie aus einem Mund. „Verkauf und Vermietung von Immobilien liefen in den letzten Jahren dank Corona ziemlich schlecht. Erst jetzt hat die Situation begonnen, etwas besser zu werden. Der Gerry wollte seine ganze Energie darauf verwenden, sich wieder hochzurappeln und die Firma *Baumgartner IMMO* auf Vordermann zu bringen. Ich hab‘ ihm nicht nur einmal angeboten, dass ich ihm helf‘. Finanzielle Unterstützung hätt‘ alles erleichtert. Aber da war er zu stolz.“ „Wie ging es Ihnen mit der Trennung? Dass Sie sich ziemlich aufgeregt haben, haben Sie ja schon gesagt.“ „Ja, ich hab‘ ihn beschimpft und gefragt, ob er seine Frau mehr liebt als mich. Er hat nur gesagt, dass das keine Rolle spielt und auf die Trennung bestanden. Er ist einfach gegangen. Einfach so… Da hab ich ihm nachgerufen ‚Deine Frau soll dich dann aber auch nicht haben. Eher bring ich dich um!‘ Aber das mach‘ ich natürlich nicht.“ Jetzt kullern die ersten Tränen über ihre Wangen hinunter. Da kommt der Kaffee gerade rechtzeitig. Luisa nimmt einen großen Schluck und fragt dann: „Was ist denn mit Gerry passiert? Wie ist er denn…?“ Agathe hatte sich schon gewundert, dass die Geliebte gar nicht erfahren möchte, was geschehen ist, und Fritz antwortet: „Wir sind dabei, herauszukriegen, was genau passiert ist. Der Leichnam wurde am Sonntag am Donauufer geborgen." „Jessas, der Tote aus dem Radio? Nein!" „Genau der. Wann haben Sie ihn denn zuletzt gesehen?" „Letzten Mittwoch, wie er mir den Weisel 'geben hat."

Die Ermittler gönnen Luisa und sich selbst eine kurze Pause und gehen zu Alois in den Nebenraum. Sie sehen durch die Scheibe, dass Luisa relativ entspannt an ihrem Kaffee nippt. „Ich werd' aus ihr nicht ganz schlau", meint Agathe. „Diese wechselnden Gefühlsphasen wirken seltsam auf mich." Die beiden Herren bestätigen den Eindruck. „Eine Mischung aus verwöhntem Prinzesschen und Vamp. Irgendwie…", versucht Agathe es auf den Punkt zu bringen, schafft es aber nicht ganz. Und Alois gibt den beiden den Auftrag, nicht auf die Befragung besagter Nachbarin zu vergessen. „Schon komisch, dass sie uns die Drohung so brühwarm serviert."

Als sie wieder in den Verhörraum gehen, nimmt Agathe gleich einen Krug mit Wasser mit und schenkt Luisa und sich selbst nach. „So, Frau Strasser, jetzt haben wir es bald geschafft. Wir würden nur noch gern von Ihnen hören, was Sie am Samstag gemacht haben. Schildern Sie uns einfach ihren Tagesablauf, bitte." „Hm, OK, also, ich war den ganzen Vormittag zu Hause und hab' gearbeitet", beginnt sie. „Was haben Sie genau gemacht?", hakt Agathe nach. „Ich hab' mir über's Wochenende ein paar Akten mit nach Hause genommen zum Durchgehen und Sortieren. Personaldaten und andere Belege waren das, um genau zu sein. Ab und zu muss ich die genauer durchsehen, damit fürs Finanzamt alles stimmt. Ein paar Rechnungen haben tatsächlich gefehlt, deshalb hab' ich eine Weile gebraucht." „Aha, und dann?" „Zu

Mittag bin ich dann mit meiner Freundin essen gegangen. Wir waren bei den *Drei goldenen Kugeln* in der Millennium City." „Zu welcher Zeit war das?" „Phu, so genau weiß ich das nicht mehr. So circa von kurz nach zwölf bis vielleicht zwei, oder so." Fritz fragt nach der Rechnung, aber Luisa hat keine. „Elena hat bezahlt, bar, soweit ich mich erinnern kann."

43.

Nach einem weiteren langen Arbeitstag holt Fritz Alexandra ab, und sie fahren ins *Halbestadt* am Gürtel. Diesmal nehmen sie aber nicht das Auto, sondern die Linie U6. Schließlich wollen beide nicht nur Virgin trinken. Wie alle Lokale in den Wiener Stadtbahnbögen lebt diese Bar vom Flair des hohen Ziegelgewölbes und den schummrigen Lichtverhältnissen. Alexandra gerät ins Schwärmen, denn in einem der Räume sieht man nicht das nackte Ziegelwerk. Es ist verputzt, beigefarben grundiert und mit einer Wandmalerei versehen, die bunte Pflanzen- und Tiermotive zeigt. „Was für ein Fresco!“, strahlt Alex. „Mutig! Die Naive Kunst kommt hier perfekt zur Geltung.“ Fritz ist kein kunstbegeisterter Zeitgenosse, um nicht zu sagen, sie interessiert ihn gar nicht. Ihm wäre die mit Kinderzeichnungen ‚bekritzelte‘ Decke gar nicht aufgefallen, hätte ihn seine Begleitung nicht aufmerksam gemacht. „Ja, schön…, sehr schön“, lässt er trotzdem beiläufig fallen und bietet Alex einen Sitzplatz an. „Noch viel besser als der Plafond sind hier die Cocktails“, sagt Fritz, und Alex nimmt sein Desinteresse wortlos zur Kenntnis.

Die Auswahl in der Getränkekarte ist vielfältig. Als Alex zielsicher einen *Negroni* bestellt, weiß er, dass sie auch hierbei mindestens so erfahren ist wie er. Fritz wählt ebenfalls ohne Umschweife den *Old Fashioned*.

Den Fauxpas mit dem Fresco hat sie ihm schnell verziehen, kann sie sich doch herrlich frei und gelöst mit ihm über Gott und die Welt unterhalten. *‚So wichtig ist die Kunst auch wieder nicht‘*, denkt sie und prostet ihm zu. Was sie besonders genießt, ist die Tatsache, dass er genauso gern wie sie das Thema Arbeit meidet. Alle anderen Freunde und Bekannten aus dem beruflichen Umfeld schwenken spätestens nach jedem dritten Satz auf das Thema Nummer eins um. Wie soll man da entspannen und abschalten? Aber mit Fritz geht das. Mit ihm kann sie wunderbar runterkommen.

Ihm geht es genauso. Sogar Evelin will immer wissen, was in der Arbeit los war. *‚Oh, aja, Evelin… Wie spät ist es?‘* Er schaut auf die Uhr und denkt: *‚Neun Uhr scho‘ wieder. Na, a bisserl geht no‘.‘* Alexandra bemerkt den Blick auf das Handgelenk und fragt mit einem Augenzwinkern: „Hast du noch was vor, oder warum schaust‘ nach der Zeit?“ Es entgeht ihr nicht, dass er ein bisschen verlegen wird, als er antwortet: „Nein, nein, alles gut. Ich muss nur früh raus. Also Mitternacht sollt‘ es heute nicht werden.“ „Ja, klar. Ich hab‘ eh auch morgen Dienst. Wir könnten ja noch auf einen Kaffee zu mir nach Hause gehen. Was meinst‘, Fritz?“ Von den zwei Seelen in seiner Brust gewinnt diejenige, die der Meinung ist, dass er lang genug darauf gewartet hat. Die andere, die gerade noch kurz an Evelin gedacht hatte, ist jetzt stumm und schaut zu, wie sich die beiden auf den Weg machen.

44.

Am Mittwoch um 8:30 Uhr sitzen Alois, Fritz und Agathe im Kommissariat und besprechen den aktuellen Stand und die weitere Vorgehensweise. „Was haben wir bis jetzt?“, fragt Schmalzl. Agathe geht an die Tafel mit den Bildern und Notizen und erklärt: „Gerhard Baumgartner ist aus bisher ungeklärter Ursache am Samstag zwischen 10 und 12 Uhr in der Donau ertrunken. Seine Frau Marion, die eigentlich mit ihm eine Bootstour unternehmen wollte, ist auf dem Weg zur Marina wegen eines Streits ausgestiegen und mit den Öffis heimgefahren. Dafür gibt es bisher keine Beweise, denn Hans Vilsmair hat noch keine Videos in Bussen oder Straßenbahnen gefunden. Sie hat gesagt, sie ist gleich danach einkaufen gefahren, der Beleg vom Billa ist aber erst um 13:42 Uhr ausgedruckt worden. Sollte es sich also nicht um einen Unfall handeln, könnte Frau Baumgartner ein Tötungsdelikt an ihrem Mann begangen haben, denn für die mögliche Tatzeit hat sie kein Alibi.“ „Hätte sie ein Motiv?“, fragt Schmalzl. „Wenn man die finanziellen Schwierigkeiten und das Verhältnis mit Luisa Strasser nimmt, könnt‘ sie schon einen Grund haben“, sagt Fritz. Schmalzl sagt: „Fritz, untersuch mal, ob es für Gerhard eine Lebensversicherung gibt und wie hoch die ist. Das könnte ein weiterer Grund sein.“

Agathe führt weiter aus: „Luisa Strasser hat ebenfalls für den Vormittag kein Alibi. Ich hab‘ mir ihrer Freundin telefoniert, die nur bestätigt hat, dass sie zusammen gegessen haben. Was sie vorher gemacht hat, ist also unklar. Ein Motiv hätte sie wegen des Schlussmachens von ihm auch und sie hat sogar angedroht, ihn umzubringen. Ihre Fingerabdrücke sind genauso am Boot wie die von Marion. Marion hat gesagt, dass er nicht schwimmen konnte, also wäre es ein Leichtes für beide gewesen, Gerhard ins Wasser zu stoßen und mit dem Boot davonzufahren. Dann hätten sie auch beide das Boot irgendwo ans Ufer bringen und irgendwie nach Hause bzw. zum Essen fahren können."

„Hat Luisa gewusst, dass Gerhard nicht schwimmen kann?", fragt Schmalzl. Danach haben wir bisher nicht gefragt", antwortet Fritz. „Geht ihr beiden mal in die Felix-Mottl-Straße und befragt die Nachbarn, ob die etwas gesehen haben, was dem von Marion widerspricht oder es bestätigt. Ich werde mal in das Restaurant *Drei Goldene Kugeln* fahren und schauen, ob ich etwas Genaueres herausbekommen kann, über den Zeitraum, wann Luisa und Elena dort waren. Danach fahre ich zu Luisa Strasser und frage sie, wann sie auf dem Boot war und ob sie es schon einmal gesteuert hat. Hat eigentlich unsere junge Aspirantin, wie heißt sie noch, ach ja, Carola, etwas herausgefunden in der Nähe des Leichenfundortes oder der Stelle bei der Löwenbrücke, wo das Boot hängen geblieben war?" „Nein, ich hab' sie gestern Abend gefragt und da hatte sie noch nichts", sagt Agathe. „Wie wäre es, wenn wir in der Presse nach Zeugen suchen, die am Samstag auf der Donau etwas gesehen haben, eventuell mit einem Bild des Motorbootes?" „Das ist eine gute Idee", schnauft Schmalzl, „mach bitte etwas fertig für die PR-Abteilung. Aber vergiss net, vorher den Staatsanwalt zu fragen… Was noch?" Mosic wirft ein: „In der Telefonliste von Gerhard sind am Samstag ein paar Versuche von Marion ihn zu erreichen. Außerdem eine Nummer, die ich noch identifizieren muss. Dieser

Anrufer oder die Anruferin hat am Samstag auch zweimal versucht zu Gerhard durchzukommen, allerdings kam keine Verbindung zustande. Einige Tage vorher haben sie aber miteinander gesprochen. Ich bleib dran und werde herausfinden, wer das war und was er oder sie wollte."

„Haben wir noch etwas?", fragt Schmalzl erneut. Mosic bietet an: „Ich könnt noch mal in die Pathologie gehen und schauen, ob Alexandra noch etwas Neues an der Leich' herausgefunden hat." „Du gehst mir schon zu oft zu deiner Alexandra. Das mach ich morgen selbst. Vielleicht ist dein Blick etwas zu sehr getrübt."

45.

Agathe und Fritz machen sich also auf den Weg, um die Nachbarn der Baumgartners zu befragen. Sie sind schon sehr neugierig, wie denn die Menschen miteinander auskommen, in der noblen Gegend. „Eine Villa neben der anderen, auch viel Platz dazwischen, da kann man sich schon aus dem Weg gehen", meint Agathe. „Ja, da hast' recht. Lassen wir uns überraschen", stimmt Fritz zu. Vielleicht liegt es an der frühen Tageszeit, dass nicht alle zu Hause sind, wie etwa im Haus gegenüber. Nebenan öffnet ein älterer Herr: „Ja, bitte? Was kann ich für Sie tun, die Herrschaften?" „Mein Name ist Mosic, das ist meine Kollegin Frau Perm. Wir sind von der Kripo Wien und hätten ein paar Fragen, Herr...". Er liest den Namen auf dem Türschild: „Herr Wallner? Oh, auch Fritz, wie ich sehe. Dann sind wir Namenskollegen." Der freundliche Nachbar findet das auch amüsant und witzelt: „Ja, so is' des. Fritz gibt's in Wien wie Sand am Meer, gell! Kommen's rein, die Herrschaften. Sie san' bestimmt wegen die Baumgartners da, gell?" Frau Perm bestätigt das und möchte zuerst wissen, was er selbst am Samstagvormittag gemacht habe. „Ich war den ganzen Vormittag im Garten und hab' Unkraut gezupft und Rasen gemäht. Mit Rasenmähen müss' ma Samstag bis zwölfe fertig sein, sonst gibt's Saures von die Müllers hinter uns. Die san' sehr empfindlich." Agathe fragt: „Haben Sie Ihre Nachbarin, Frau Baumgartner, im Garten gesehen?" „Nein, die war erst am Nachmittag heraußen. Da ist sie ein paar Runden im Pool geschwommen." „Wissen Sie noch, wann das war?" „Ja, so gegen halb drei. I war fertig mit meiner Arbeit, und mei‘ Frau war noch net da. Da hab‘ ich ein bisserl beim Baden zugeschaut.“ Der Mann wird etwas verlegen und verrät sich dann selbst: „Als sie wieder angezogen war, haben wir uns über den Zaun ein bisserl unterhalten.“ „Soso“, schmunzelt Fritz, „als sie wieder angezogen war…“ „Verraten’s mich halt nicht, sonst muss ich das einzige Loch in der Hecke zuwachsen lassen. Und das wollen wir doch nicht.“ „Is‘ schon gut“, beruhigt ihn Mosic. „Worüber haben Sie denn dann gesprochen?“ „I hab‘ sie g’fragt, wo der Gerhard is‘, und sie hat erzählt, dass er a Bootstour macht. Wieso sie nicht mitgefahren is‘, wollt‘ ich wissen. Da hat sie g’sagt, dass sie keine Lust hat, am Samstag auf der Donau zu schippern. Sie bleibt lieber da und kocht für am Abend was Schönes. Dann gibt’s, wenn der Gerhard nach Hause kommt, ein tolles Essen und ein Flascherl Wein. … Gell, des hat der Arme gar nimmer kriegt, oder?“ „Nein, leider nicht. Sagen’s, haben Sie die Frau Baumgartner nachher noch einmal gesehen?“ „Nein, am Samstag nicht mehr.“

Schräg gegenüber wohnt Frau Brigitte Stadler. Auch sie gibt bereitwillig Auskunft, hat aber nichts Interessantes beobachtet. Sie hat sich nur sehr gewundert, warum am Sonntagnachmittag die Polizei bei Marion war, aber nicht weiter nachgefragt.

„Sehr ergiebig waren diese Gespräche nicht, find‘ ich“, beklagt Agathe sich. „Naja“, meint Fritz, „immerhin haben wir gehört, dass die Hecke nicht überall so dicht ist, wie Frau Baumgartner gesagt hat.“

46.

Major Schmalzl sitzt im Auto auf dem Weg zum Restaurant *Drei Goldene Kugeln*. Radio Wien spielt gerade den Song: „You can't always get what you want", und Alois summt die Melodie mit. Im Restaurant sucht er nach dem Kellner oder der Kellnerin, die am Samstagmittag Dienst hatten. Einer jungen Frau, auf deren Namensschild „Monica" steht, zeigt er ein Foto von Luisa Strasser und fragt: „Haben Sie diese Frau schon mal gesehen?" „I glaub net." „Kann es sein, dass sie am Samstag mit einer Freundin zum Essen hier war?" „Keine Ahnung, samstags ist immer so viel los, da kann i mir net jedes Gesicht merken." Schmalzl zeigt ihm daraufhin ein Bild von Elena Herbst. „Kennen Sie diese Frau?" „Ja, die war scho' öfters hier." „Kann es sein, dass sie am Samstag mit der anderen Frau hier war?" „Kann scho' sein, aber sicher bin i net." *‚Hm'*, denkt Schmalzl, *‚das hilft uns net wirklich weiter aber das Restaurant ist nicht weit vom möglichen Unfall- oder Tatort und vom Auffindungsort des Bootes entfernt.'*

Er verabschiedet sich und fährt in die Favoritenstraße im 10. Bezirk. Er findet den Installationsbetrieb Strasser problemlos und geht direkt ins Büro. Luisa Strasser wundert sich: „Was wollen Sie schon wieder da? I hab doch scho alles g'sagt." Der Major lächelt nur, und daher bietet Luisa ihm einen Sessel und einen Kaffee an. „Ich muss Sie noch einmal fragen, von wann bis wann genau Sie am Samstag zu Hause und danach im Restaurant waren", fragt er zuerst. Sie antwortet schnippisch: „Des hab ich doch scho' erzählt: bis etwa 12 Uhr war ich z'haus und dann bin i ins Restaurant g'fahr'n". „Wie sind Sie auf das Restaurant *Drei Goldene Kugeln* gekommen? Das ist doch ziemlich weit weg von hier und auch von Ihrer Wohnung.“ „Das hat Elena ausg’sucht. I hab des vorher no‘ net ‘kennt.“ „Waren Sie schon einmal auf dem Boot von Herrn Baumgartner?“ „Herrschaftszeiten, des hab‘ i a‘ scho‘ g’sagt. Ja, mir san‘ a paarmal z’samm‘ auf der Donau g’fahren.“ „Hat er Sie mal ans Ruder gelassen?“ „Ja, das war geil, mit so an‘ Flitzer mit Vollgas dahin zu schieß’n.“ „Sie würden also sagen, Sie können das Boot steuern?“ „Im Prinzip ja, aber des darf i ja net, weil i kan‘ Führerschein dafür hab.“ „Wie schon mal erwähnt, i bin von der Kripo, net vom Verkehr oder der Wasserschutzpolizei. Mir ging’s ums Prinzip und das reicht mir erst amal. Es könnt also sein, dass Sie mit Herrn Baumgartner am Samstag auf dem Schiff gefahren sind und auch zeitweise das Boot gesteuert haben, oder?“ „Aber nur theoretisch, denn i war ja net dort.“ „Dafür gibt’s aber keine Bestätigung. Denn Sie könnten vom Boot aus zum Essen mit Ihrer Freundin gefahren sein, zeitlich tät‘ des passen.“ „I war aber bis kurz vor zwölf z‘haus und bin dann zum Essen g‘fahren.“ „Kann das jemand bestätigen?“ „Ja, Moment, i hab vorher mei‘ Mutter aug’ruaf’n.“ Sie nimmt ihr Handy, blättert darin herum und zeigt dem Kommissar den Anruf: „Sehen’s hier, um 11:16 Uhr am Samstag.“ „Das beweist noch nichts, denn das Gespräch könnten Sie aus dem Auto oder von sonst wo geführt haben.“

Auf dem Rückweg zum Büro bittet Schmalzl Leutnant Vilsmayr, bei den Telefonaten von Marion und Luisa auch festzustellen, wo, also in welcher Funkzelle, die Gespräche bzw. Versuche jeweils stattgefunden haben.

47.

Am Nachmittag treffen die Kollegen der SOKO Amore wieder im Kommissariat zusammen und tauschen die Ergebnisse aus. Auch Staatsanwalt Kantenhuber ist dabei und wartet dringend auf neue Informationen. Er äußert seinen Unmut und fordert dazu auf, die bisher bekannten Fakten auf den Tisch zu legen. Major Schmalzl beginnt: „Wenn wir davon ausgehen, dass wir es mit einem Verbrechen zu tun haben, haben weder Marion Baumgartner noch Luisa Strasser ein Alibi, aber beide ein Motiv. Beide könnten mit dem Opfer auf der Donau gefahren sein. Dann hätte es zum Streit kommen können und Gerhard hätte einen Unfall haben können oder ins Wasser gestoßen worden sein können. Und er konnte nicht schwimmen, das heißt, wenn ihn jemand ins Wasser stößt, reden wir von Mord. Wir brauchen also dringend die genauen Telefondaten mit den entsprechenden Orten, an denen sich die beiden Damen am Vormittag aufgehalten haben. Hans, wie weit bist du damit?“ „Ich warte noch auf die Information der Netzbetreiber, aber morgen sollten wir die Daten haben.“

Fritz und Agathe, die bei den Nachbarn von Marion Baumgartner Nachforschungen angestellt haben, können bisher auch nur sagen, dass es keine Bestätigung dafür gibt, dass Marion am Vormittag zu Hause war. „Der direkte Nachbar, Fritz Wallner, hat sie erst gegen 14:30 Uhr beim Baden beobachtet und später auch kurz mit ihr gesprochen. Am Vormittag hat er im Garten gearbeitet und hat nicht mitbekommen, ob Marion zu Hause war“, berichtet Agathe. „Frau Stadler von gegenüber hat nichts gesehen und andere Nachbarn waren heute früh nicht zu Hause. Dort müssen wir noch mal nachhaken", erwähnt Fritz.

„Das ist ja ziemlich dürftig, dafür dass sie schon seit drei Tagen ermitteln", wirft Kantenhuber ein. „Da muss aber jetzt mal etwas mehr Tempo her und wir brauchen konkretere Fakten. Gibt's irgendwelche Zeugen, die an der Donau etwas gesehen haben?" „Bisher nicht", antwortet Carola Seidl, „aber ich hoffe, dass wir nach dem Artikel in der Presse jetzt bald ein paar Neuigkeiten erfahren."

Hans Vilsmayr erklärt, dass die KTU den Laptop von Gerhard geknackt hat. „Darauf sind ein paar interessante Informationen. Erstens werden die amourösen Nachrichten aus den Chats vom Smartphone bestätigt und es gibt auch einige intime Fotos der beiden. Aber was viel interessanter ist, sind zwei andere Dinge: Gerhard wollte wohl sein Boot verkaufen. Ein gewisser Gustav Egger hatte sich dafür interessiert und die Übergabe ist für den kommenden Samstag vereinbart. Also waren die finanziellen Schwierigkeiten der Baumgartners wohl größer, als wir bisher geglaubt haben. Dafür spricht auch die Tatsache, dass es Mailverkehr gibt zwischen Gerhard und einem Andreas Winkler. Der hatte ursprünglich vor, seine sündteure Villa über Gerhard zu verkaufen. Es gab scheinbar auch eine vorläufige mündliche Zusage. Dann hat Winkler aber wohl Erkundigungen über die Finanzen von Gerhard eingeholt und ihm gestern eine Mail geschrieben, dass er einen anderen Makler beauftragt. Gerhard hat das natürlich nicht mehr erfahren, aber das hätte nach meiner Meinung bedeutet, dass er hätte Insolvenz anmelden müssen." Schmalzl fragt mit lauter Stimme in die Runde:

„Wissen wir, wer der Konkurrent ist?“ „Nach Aussage von Herrn Winkler ist das Erwin Ziegleder, dessen Anrufe am Freitag und Samstag auf Gerhards Telefon verzeichnet sind“, sagt Hans Vilsmayr. „Fritz, du machst dich sofort auf den Weg und befragst sowohl den Winkler als auch den Ziegleder nach Details. Frau Baumgartner hat angedeutet, dass Gerhard mit einem anderen Makler sprechen wollte, ob sie sich den Auftrag teilen können. Das könnt‘ doch der Ziegleder sein.“

Fritz Mosic verlässt den Raum und dann klingelt das Telefon. Schmalzl geht ran: „Was gibt’s Wichtiges, wir sind hier mitten in einer Sitzung.“ Er hört kurz zu und sagt: „OK, stellen Sie durch.“ Kurze Pause, während der Major das Telefon laut stellt, dann: „Schmalzl hier, Kripo Wien. Wer spricht da bitte?“ „Hier ist Benjamin Riegler. Sie haben in der Zeitung nach Zeugen gefragt, die am Samstag auf der Donau in einem Boot etwas beobachtet haben könnten. Ich war mit meinem Hund unterwegs und kann da vielleicht weiterhelfen.“ Schmalzl fragt: „Herr Riegler, können Sie bitte ins Kommissariat kommen, dann können wir Ihre Aussage gleich protokollieren.“ „Ja, das mach ich, bis später.“

Kantenhuber: „Herr Schmalzl, ich erwarte heute Abend noch Ihren Bericht, was der Zeuge gesagt hat und was die Befragung vom Ziegleder ergeben hat. Der könnte doch auch ein Motiv gehabt haben, den Baumgartner aus dem Weg zu räumen, damit er den Auftrag von Winkler bekommt.“

48.

Die Beamten müssen unbedingt mit den Befragungen weiterkommen. Es ist immer noch zu viel im Unklaren. Mosic will jetzt klären, warum Andreas Winkler den so gut wie fix zugesagten Auftrag im letzten Moment jemand anderem gegeben hat. Winklers Erklärung ist plausibel: „Ich habe Erkundigungen eingezogen und bei Baumgartner IMMO eine finanziell dubiose Situation festgestellt. Die Firma scheint kurz vor der Insolvenz zu stehen. Da wollte ich ihr meine wertvolle Villa natürlich nicht anvertrauen und habe am Montag Herrn Ziegleder beauftragt. Anschließend habe ich den Baumgartner per Mail darüber informiert. Sie verstehen doch, dass ich nicht anders konnte, oder?“ „Ja, einerseits schon“, gesteht ihm Fritz zu, „aber andererseits könnte man sich jetzt darüber unterhalten, ob da eine gewisse Mitschuld an einem eventuellen Selbstmord besteht.“ „Na, jetzt hören Sie aber auf, Herr Inspektor.“ „Hauptmann, wenn ich bitten darf.“ „Na gut, Herr Hauptmann, für seine finanzielle Lage ist schon jeder selbst verantwortlich. Da kann ich nix dafür. Ich schau halt auch auf meinen Säckel.“

Der nächste auf der Liste ist Ing. Erwin Ziegleder, der Makler, dessen Anrufe auf Gerhards Handy waren. Was die Polizisten über ihn bisher wissen, lässt sie näher aufhorchen, und Fritz fragt ihn gleich direkt: „Herr Ziegleder, wir haben gehört, dass Herr Baumgartner überlegt haben soll, sich den Winkler-Auftrag mit Ihnen zu teilen. Wie war denn das?“ Der Ingenieur druckst herum und redet sich um Kopf und Kragen: „Ja, also am Freitag haben wir uns kurz getroffen, und da hat mir der Gerhard den Vorschlag unterbreitet. Aber wieso hätte ich da zustimmen sollen? Das habe ich natürlich abgelehnt. Ich war mir sicher, ich krieg den Auftrag allein. Der Winkler war ja gar nicht entzückt über Gerhards Finanzen. … Und ein bisschen Schadenfreude war schon auch dabei. Schließlich hat mir der Gerhard auch einmal ein gutes Geschäft weggeschnappt. … Ich habe ihn dann eh versucht anzurufen, um ihn zu informieren, wie es fix war. Dann hab' ich mir gedacht, er wird das noch früh genug erfahren." Fritz nimmt Ziegleders Nervosität wahr und macht ihn mit der nächsten Frage noch unruhiger: „Sagen Sie, wo waren Sie denn am Samstagvormittag?" „Wieso?" „Sagen's einfach, wo Sie waren!" Nach kurzem Überlegen gibt er an: „Ich war spazieren. An der Donau." „Wo an der Donau? Die ist lang." „Bei Nussdorf, da geh' ich immer." „Und waren Sie da allein, oder kann das jemand bezeugen?" „Allein, leider. Ich bin nach dem Frühstück los, so gegen halb zehn, und war mittags wieder zurück." „Und das hat auch niemand mitbekommen?" „Nein, meine Frau war bei einer Freundin. Ich hab' dann gekocht, und wie sie um circa zwei nach Hause gekommen ist, haben wir gegessen." „Danke, Herr Ziegleder, das war's für's Erste. Wenn notwendig, melden wir uns noch einmal bei Ihnen."

49.

Benjamin Riegler, ein etwa siebzigjähriger Mann, sitzt im Vernehmungsraum Major Schmalzl und Agathe Perm gegenüber. Auf dem Tisch ist eine Karte des Großraums Wien ausgebreitet. „Herr Riegler, wo waren Sie denn am Samstag mit Ihrem Hund unterwegs? Können Sie uns das bitte auf der Karte zeigen“, fragt Schmalzl. Sie beugen sich über die Karte, Herr Riegler sagt: „I geh immer an der Donau entlang oberhalb der Autobahnanschlussstelle Strebersdorf, ungefähr da, wo die Donauinsel anfängt.“ Er orientiert sich zuerst einmal und zeigt dann auf eine Stelle im Plan. „I park‘ mich immer in der Nähe vom Marchfeldkanal ein und geh zur Donau runter. Meistens geh ich flussaufwärts und das hab‘ ich auch am Samstag gemacht.“ „Wann war das genau, Herr Riegler?“, fragt Agathe. „So gegen zehne oder viertel elfe bin i los.“ „Und was ist dann passiert?“ „I war grad erst unten an der Donau in der Nähe vom Einlaufrechen des Marchfeldkanals, als ich gesehen hab, wie auf der anderen Seite der Donau zwei Leut‘ auf einem Boot heftig gestikulieren und diskutieren. Verstehen konnt‘ i nix, aber es war eindeutig, dass die streiten.“ „Konnten Sie die Leute erkennen?“ „Na, das war zu weit weg und meine Augen san‘ a nimmer so guat.“ „Waren das zwei Männer oder ein Mann und eine Frau?“, fragt Schmalzl. „Des waß‘ i a net. Aber dann is‘ aner ins Wasser g'falln.“ „Einfach so?“ „Ja, die waren halt beim Streiten und haben mit den Armen gewedelt. Und dann is a Mann ins Wasser gefallen.“ „Und das war sicher ein Mann?“ „Ja, der hat um Hilfe g'rufen. Des hab i g'hört.“ „Und was ist dann passiert?“ „Das Boot mit der anderen Person is‘ mit Vollgas davong’fahrn Richtung Wien.“ „Und der Mann im Wasser?“ „Der hat no‘ amal um Hilfe gerufen und dann hab i nix mehr g’sehen, weil mei‘ Hund wegg’rennt war und i musst‘ hinter dem her.“ „Haben Sie nicht die Rettung gerufen?“ „Na, warum? Der hätt‘ doch ans Ufer schwimman kenna‘, das war ja net weit weg.“ „Ist Ihnen sonst noch etwas aufgefallen? Sind Ihnen vielleicht noch andere Spaziergänger begegnet?“ „Na, da war sonst nix. I bin a Stück die Donau hoch und dann wieder ham.“ „Herr Riegler, vielen Dank, dass Sie uns das erzählt haben“, sagt Schmalzl. „Frau Perm macht mit Ihnen jetzt noch a Protokoll und dann können Sie wieder gehen.“

Als Agathe zwanzig Minuten später ins Büro von Alois Schmalzl kommt, überlegen sie gemeinsam, was das wohl zu bedeuten hat: „Also den Selbstmord können wir nach der Schilderung wohl vergessen“, sagt Agathe. „Es ist ziemlich klar, dass einer von unseren drei Verdächtigen mit Gerhard auf dem Boot war, oder denkst du, es könnt noch jemand anders sein?“ „Na, des glaub i net. Einer von den dreien war mit ihm unterwegs. Und dann ist Gerhard beim Streit ins Wasser gefallen oder er wurde gestoßen. Wenn es sei‘ Frau war, ist es mindestens Totschlag, denn die hat g’wusst, dass er net schwimmen kann. Bei den anderen beiden wiss‘ ma des no‘ net. Die müss‘ ma also danach no‘ amal fragen und auch unbedingt die Handydaten vergleichen. Dann wer‘ ma schon herausfinden, wer mit am Boot war und wer der Täter ist. Jetzt geh‘ ma heim und denken noch mal drüber nach. Morgen früh treff‘ ma uns wieder. Ich wer‘ den kantigen Huber informieren, ihn für morgen dazubitten, und dann entscheiden wir, wie wir die Sache

weiterverfolgen. Hab‘ no‘ an schönen Abend.“
„Danke, Alois, du a.“

50.

Agathe Perm und Zoran Tadic treffen einander am Mittwoch nach Dienstschluss im *Kleinen Café* am Franziskanerplatz. Es ist ein lauer Abend, und sie wählen einen Tisch im Freien. „Da haben wir ja Glück, dass wir noch ein Tischerl kriegen. Es ist nicht viel Platz hier“, bemerkt Agathe. „Ja, stimmt“, antwortet Zoran, „das ist ein kleiner, feiner Ort, den im Sommer viele Leute zu schätzen wissen. Schau dir das herrliche Ambiente an! Rundherum die Altwiener Zinshäuser, die den Platz mit dem großen Brunnen einsäumen.“ Agathe sieht sich um, und ihr fällt das alte Schilder- und Stempelgeschäft an der Ecke neben dem Café auf. „Dass das hier noch geht, ist auch ein Wunder, oder?“ Sie deutet auf die alte holzgerahmte Auslage. „Ja, das wundert mich auch immer wieder. Diese urigen, gediegenen Läden wirken wie aus einer anderen Zeit übriggeblieben“, bestätigt Zoran und sieht sein Gegenüber eindringlich an. Agathe bemerkt das und fragt: „Wie bist du denn auf die Idee gekommen, mich anzurufen und einzuladen? Ich mein‘, es ist jetzt vier Jahre her, dass es zwischen uns, sagen wir mal, gefunkt hat.“ „Ja, genau. So lang ist es her, dass du mir gesagt hast, mit Kollegen geht nix, und schon gar nicht mit einem Vorgesetzten. Seit einem halben Jahr bin i jetzt nimmer dein Chef. Und ich kann dich einfach nicht vergessen.“ Er nimmt ihre Hand und sagt: „Ich bin immer noch genauso verliebt in dich, wie damals. Ich hab‘ auch in der ganzen Zeit keine andere angeschaut. … Denkst du denn gar nicht mehr an mich? Ich hatte schon das Gefühl, du wärst eigentlich auch nicht abgeneigt gewesen, damals.“ Agathes Wangen färben sich zartrot, und sie antwortet: „Doch, Zoran, ich hab‘ auch oft an dich gedacht. Aber ich hab‘ geglaubt, du wirst nicht ewig warten, und irgendwo lernst du sicher jemand anders kennen.“ „Und du, hast du inzwischen jemand?“ „Nein. Ich hab‘ mich in die Arbeit hineingekniet. Also keine Zeit für irgendwelche Amouren.“ „Dann hab‘ ich ja Glück gehabt“, sagt Zoran zwinkernd und küsst Agathes Hand. Die beiden unterhalten sich noch ein bisschen über die Zeit ihrer Zusammenarbeit. Besonders der Fall mit der toten Schweizerin im Bristol hatte sie damals gefordert. „Wie hat die nochmal geheißen?... Ach ja, Josefine. Wir hatten dann die SOKO Josi“, sinniert Agathe. „Jetzt haben wir eine neue SOKO. Weißt‘ wie die heißt?... SOKO Amore.“ Zoran muss schmunzeln, und Agathe erzählt ihm, wie es zu der Namensgebung kam.

Beim Verabschieden fragt Zoran hoffnungsvoll: „Wann sehen wir uns denn wieder? Das willst du doch auch, oder?“ „Ja“, antwortet sie, „das will ich auch. Gib mir nur bitte ein bisschen Zeit. Ich geh‘ es gern langsam an. Wie wär’s, wenn du zu meiner Beförderungsfeier kommst? Am 14. Juli gibt es da einen kleinen Umtrunk im Präsidium. Ich hoffe, dass sich die Kollegen nicht zu viel einfallen lassen.“ Zoran bedankt sich für die Einladung und lächelt sehr zufrieden.

51.

Fritz genießt zusammen mit Alexandra den angenehmen Sommerabend in der Rooftop-Bar im 16. Stock des Hotels Vienna Andaz. Von ihrem Sitzplatz aus haben sie eine großartige Aussicht Richtung Donaucity. Die Wolkenkratzer, vor allem der DC1, glitzern teilweise im Sonnenlicht. Alex fühlt sich sehr wohl hier und teilt das Fritz auch mit, der darauf nur meint: „Ja, mit mir kommst du halt hoch hinaus. Schön, nicht wahr!“ Sie weiß nicht genau, was sie zu hören erwartete, jedenfalls nicht diese Antwort. *‚Na ja‘*, denkt sie, *‚ein Mann der schönen Worte ist er definitiv nicht. Aber was soll's, es gibt Wichtigeres.‘* Sie nimmt die Karte zur Hand und fragt: „Weißt du schon, was du essen möchtest? Ich nehme den Heilbutt mit Orangenrisotto.“ Er grübelt noch und überfliegt die Liste. Es ist nicht wirklich etwas dabei, das ihn anspricht. Er ist eher der Typ ‚Schweinsbraten‘ oder ‚Cordon Bleu‘ mit Erdäpfelsalat. Mit Oktopus und Co. fängt er nichts an. Schließlich sagt er: „Hm, ich denke, das Secreto Ibérico wird gut sein. Das nehm‘ ich.“ Dazu bestellen die beiden je ein Glas Riesling. Bei dem schmackhaften Dinner kommt ihr Gespräch wieder in die gewohnten Gänge. Und als langsam die Dämmerung über die Dachterrasse hereinbricht, kann Alex nicht mehr anders, als Fritz zu sich nach Hause einzuladen: „Diesmal soll es auch nicht bei einem Kaffee bleiben.“ Nach einem kurzen Gedanken an Evelin sagt er schließlich zu, und die beiden Turteltäubchen machen sich auf den Weg.

Auf dem Heimweg danach kämpft Fritz mit einem richtig schlechten Gewissen. *‚Jessas, scho‘ wieder so spät! Die Lini wird sauer sein! Hoffentlich fällt mir* *was Besseres ein, als die Ausrede jetzt zum Aufbruch nach Hause. Ob die Alex mir glaubt, dass ich schon wieder einen Bericht schreiben muss? Na, i waß' net.'* In Gedanken spielt er schon alle Erklärungen für Evelin durch, von ebenfalls Bericht schreiben über Besprechung mit dem Chef bis zur Autopanne. Als rettender Gedanke erscheint es ihm dann, er könne einen Blumenstrauß für seine Liebste mitnehmen. *‚Obwohl… Da schöpft sie doch erst recht Verdacht, dass irgendwas nicht stimmt.'* Er nimmt sich stattdessen vor, ihr zum Kennenlerntag am 12. August einen großen Rosenstrauß zu kaufen und traut sich um Punkt 22:00 Uhr in die Höhle der Löwin.

Mit ihrer Reaktion hat er nicht gerechnet. Evelin wirft ihm genau zwei Sätze hin: „Du brauchst gar nicht erst ansetzen zu einer Ausred'. Mir reicht's!"

Dann sieht er, dass sein Bettzeug bereits auf der Couch liegt.

52.

Am nächsten Morgen sitzen die Mitarbeiter der SOKO Amore und Staatsanwalt Kantenhuber im Besprechungsraum und diskutieren den aktuellen Ermittlungsstand. Schmalzl erklärt allen, dass es sicher kein Selbstmord war, weil ein Zeuge gesehen hat, dass Baumgartner mit jemandem auf dem Boot war, ins Wasser gefallen ist und dass dann der oder die andere Person mit dem Boot weggefahren ist. „Das heißt also, Frau Baumgartner, Frau Strasser und auch Herr Ziegleder sind mögliche Täter. Frau Baumgartner wusste, dass ihr Mann nicht schwimmen konnte. Wenn sie also mit ihrem Mann an Bord war und weggefahren ist, können wir von Vorsatz ausgehen. Bei den anderen beiden müssen wir herausfinden, ob sie wussten, dass Baumgartner Nichtschwimmer ist." Kantenhuber fragt: „Könnten alle drei auf dem Boot gewesen sein?" Hans Vilsmayr erläutert: „Ich habe heute früh die ersten Daten der Telefonnetzbetreiber bekommen. Das Handy von Frau Baumgartner war den ganzen Samstagvormittag zu Hause. Zumindest hat es sich nicht bewegt und war immer in der gleichen Funkzelle eingeloggt. Herr Ziegleder war eindeutig am Vormittag an oder auf der Donau. Sein Telefon war in mehreren Bereichen zwischen Löwenbrücke, Donauinsel und Klosterneuburg eingebucht. Von Frau Strasser hab' ich noch keine Infos, der Netzbetreiber hat noch nichts geschickt." „Ziegleder hat zugegeben, an der Donau spazieren gegangen zu sein, aber die Funkzellen deuten darauf hin, dass er auch mit Baumgartner auf dem Boot gewesen sein könnte", wirft Fritz Mosic ein.

Kantenhuber donnert: „Na dann müssen wir den noch mal dringend in die Mangel nehmen. Wer macht das?“ „Ich hab‘ ja gestern schon mit ihm gesprochen. Ich könnt ihn einbestellen und befragen und Sie, Herr Staatsanwalt, könnten dabei sein oder zumindest durch die Scheibe zuschauen“, antwortet Fritz. „OK, machen’s des.“

Schmalzl wirft ein, dass er Frau Baumgartner noch einmal befragen wird und sagt zu Agathe: „Du kannst dich weiter in der Nachbarschaft umhören. Das bringt uns vielleicht weiter wegen des Alibis von Frau Baumgartner.“

Kantenhuber ordnet an, dass alle am Abend noch einmal zusammenkommen sollen und die neueste Lage besprechen.

Fritz Mosic ruft bei Erwin Ziegleder an: „Guten Morgen Herr Ziegleder. Es haben sich noch ein paar Fragen ergeben. Kommen Sie bitte um 11 Uhr ins Kommissariat.“ „Da hab ich an‘ wichtigen Kundentermin, geht’s net a um 14 Uhr?“ Fritz schaut den Staatsanwalt an, der nickt und Fritz antwortet: „In Ordnung, aber san‘s pünktlich.“

53.

Major Schmalzl fährt zur Pathologie und fragt Frau Dr. Winkelmeyer noch mal nach den genauen Umständen des Todes von Gerhard Baumgartner. „Ich kann den Todeszeitpunkt jetzt ziemlich genau eingrenzen: Seine Smartwatch ist nach Abgleich mit dem Handy genau um 11:42 Uhr stehen geblieben. Wenn man davon ausgeht, dass solche Uhren einige Zeit im Wasser durchhalten, dürfte Baumgartner gegen 11:30 Uhr gestorben sein." „Und die Todesursache ist eindeutig Ertrinken?", fragt Schmalzl? „Ja, aber wie schon erwähnt, ist er möglicherweise nicht von selbst ins Wasser gefallen. Schauen's hier, an beiden Schultern gibt es Hämatome, die eindeutig vor dem Ertrinken entstanden sind. Haben Sie dafür schon eine Erklärung?" „Wieso? Davon weiß ich bisher nichts?" „Aber das hab' ich dem Fritz doch gesagt, und das steht auch in meinem Bericht." „Ja, is der deppert? Der hat uns nix davon g'sagt und hat den Bericht die ganze Zeit auf seinem Schreibtisch g'habt. Da wer' ich ihm wohl eine verpassen müssen." „Ja, verdient hat er des scho, aber schlagen's net so hart zu, bitte." „Schau ma amal. Aber sagen's, Frau Doktor, kann man von den blauen Flecken auf die Größe des Täters schließen?" „Na ja, ich würd sagen, gleich groß oder a bissl kleiner." „Hm, des hilft mir nix, dann kommen immer noch alle drei Verdächtigen in Frage. Aber vielen Dank für die Aufklärung."

Schmalzl steigt in seinen Dienstwagen und ruft bei Mosic an: „Fritz, wann wolltest du uns von den Hämatomen erzählen?" „Welche Hämatome?" „Na die an den Schultern vom Gerhard." „Davon weiß ich nichts." „Du Depp, Frau Dr. Winkelmeyer hat es dir gesagt und auch in ihrem Bericht geschrieben. Entweder bist du komplett verblödet oder verknallt in die Ärztin. I waß‘ wirklich net, was ich davon halten soll.“ „Chef, das tut mir leid, aber ich erinnre mich nicht daran.“ „Dann schau in den Bericht, du Trottel. Ich glaub, dein Vorspiel bei Alexandra wird ein Nachspiel haben!“

54.

Agathe läutet wieder bei der Nachbarin von Marion Baumgartner. Diesmal öffnet Anika Egger die Tür und bittet sie herein. Frau Egger ist eine korpulente dunkelhaarige Frau in den Fünfzigern, ihre Wohnung ist sehr gemütlich eingerichtet und es riecht nach frisch aufgebrühtem Kaffee. „Möchten's an Kaffee?", fragt sie. „Nein, danke", antwortet Agathe und beginnt mit der Frage: „Sagen Sie, Frau Egger, waren Sie am Samstagvormittag zu Hause?" „Ja, Sie kommen sicher wegen dem armen Gerhard, oder?" „Ja, wir versuchen die Umstände seines Todes zu klären. Also, waren Sie zu Hause?" „Ja, bis gegen eins war ich hier, dann bin ich zu einer Freundin gefahren. Die hatte Geburtstag und da war ich eingeladen. Hab' auf dem Weg dorthin noch schnell ein paar Blumen besorgt und..." „Ja, danke. Und haben Sie möglicherweise etwas bei Familie Baumgartner beobachtet?" „Ja, in der Früh sind Marions Eltern gekommen und haben die Kinder abgeholt. Die wollten mit denen ins Ferienlager in der Steiermark. Die Kinder sind ja so süß, und höflich sind die, sag ich Ihnen. Wirklich reizend, die haben's auch bestimmt gut in den Ferien. Aber jetzt, wo der Gerhard tot ist, weiß ma' ja net, wie's weiter geht."

„Haben Sie sonst noch etwas mitbekommen?" „Ja, kurz vor neun sind die beiden, also Marion und Gerhard mit seinem Auto weggefahren. Hab' ihnen noch zugewunken und Marion hat gesagt, sie wollten zu ihrem Boot auf der Donau." „Wann ist Frau Baumgartner zurückgekommen?" „Das weiß ich nicht, also i hab nix mitbekommen, bis ich weggefahren bin. Wieso ist das wichtig?" „Wie schon gesagt, wir untersuchen die Umstände, die zum Tod von Herrn Baumgartner geführt haben, und daher frage ich Sie unter anderem auch, wie war denn die Beziehung der Baumgartners?“ „Normal, würde ich sagen. Ich mein, ich bin ja net verheiratet, aber so a bissl kann man das ja einschätzen. In letzter Zeit machten die beiden auf mich einen unzufriedenen Eindruck. I glaub, die hatten Schwierigkeiten miteinander, aber i waß net, warum.“ „War Herr Baumgartner viel unterwegs?“ „Na ja, als Makler ist das wohl normal, oder? Aber im letzten Jahr hatte sei‘ Frau an Unfall mit ihr‘n Auto und die Hand gebrochen. Da war er viel z’haus und hat sich um alles gekümmert. Aber sonst is‘ der immer täglich in der Früh los und kam abends gegen sechse oder siebene zurück.“ „Haben sie eine Ahnung, woher die Schwierigkeiten der beiden in letzter Zeit kamen?“ „Na ja, vielleicht liefen die Geschäfte bei ihm nimmer so gut, das war in Corona scho amal so. Aber ich hab‘ ‘dacht, dass es jetzt wieder besser is‘. Allerdings hat die Marion letztens erwähnt, dass sie vielleicht ‘s Boot verkaufen, aber net warum.“

„Könnte es noch andere Probleme gegeben haben?“ „Welche denn?“ „Na, das frag ich Sie. Sie kennen die beiden doch offensichtlich ganz gut, da kriegt man doch ab und zu was mit.“ „Ja, sicher, aber i tratsch ja net über meine Nachbarn und deren Schwierigkeiten.“ „Aber es gab welche?“ „Na, i hab ja g’sagt, vor allem die Marion war in den letzten Wochen oft so mürrisch und unzufrieden. Vielleich hat der Gerhard irgendwas ang’stellt.“ „Was meinen Sie?“ „Na ja, wenn einer so viel unterwegs ist, kann er leicht a Pantscherl au‘fangen, oder?“ „Und hat er?“ „Na, i waß net, s‘könnt scho‘ sein. G’sagt hat die Marion nix, aber sie hat immer so missmutig dreing’schaut.“

„Ist Ihnen sonst noch etwas aufgefallen bei den beiden?“ „Na, sonst war eigentlich alles wie immer.“ „Dann bedanke ich mich herzlich für Ihre Zeit, Frau Egger. Hier ist meine Karte, wenn Ihnen noch etwas einfällt, rufen’s mich bitte an.“ „Ja, aber was ist denn mit dem Gerhard passiert?“ „Dazu kann ich Ihnen nichts sagen, wir ermitteln ja noch deswegen.“

Als Agathe wieder in ihrem Auto sitzt, ruft sie Alois Schmalzl an und berichtet ihm: „Du, die Nachbarin, Frau Egger, hat gesehen, dass Marion und Gerhard gegen neun weggefahren sind. Aber sie kann nicht bestätigen, dass Marion am Vormittag zurückgekommen ist. Und ich glaub, die passt gut auf. Denn die wusste auch, dass die beiden das Boot verkaufen wollen und dass der Gerhard vielleicht a G‘spusi hat.“ „Oh, danke, das werde ich dann bei ihr gleich amal mit ins Gespräch bringen. Übrigens wurde der Gerhard wohl doch gestoßen. Der hat Hämatome an den Schultern.“ „Woher weißt du des jetzt?“ „I war bei der Winkelmeyer und die hat’s mir erzählt. Der Fritz muss wohl total verblendet g‘wesen sein und hat des net mitkriegt.“ „Krass!“

Agathe ruft anschließend noch einmal die Freundin von Luisa Strasser an und fragt nach dem genauen Zeitpunkt, wann Luisa zur Verabredung gekommen ist. „Ja, wenn ich’s überleg, wir waren für 12 Uhr 30 verabredet, aber sie kam erst nach eins. Hat wohl noch was wegen der Arbeit fertig machen müssen und deshalb die Zeit vergessen.“ „War sie irgendwie anders als sonst?“ „Ja, sie war recht aufgekratzt und hat mir erzählt, dass der Gerry mit ihr Schluss g’macht hat. Sie hat recht g’schimpft über ihn.“ „Sonst noch was?“ „Ja, sie hat fast nix gegessen, nur in ihrem Salat herumgestochert. So wenig Appetit hat sie sonst nicht. Es ist ihr offensichtlich nicht gutgegangen. Ich hab‘ ihr gesagt, sie soll ihn vergessen, mit verheirateten Männern fängt man besser nix an. Sie soll sich an‘ Einspänner suchen.“

55.

Fritz Mosic schaut in den Obduktionsbericht und findet dort Alexandras Hinweis auf die blauen Flecken an Gerhards Schultern. Sofort fährt er in die Pathologie, um mit Alexandra zu sprechen, denn er kann sich wirklich nicht erinnern, dass sie ihm das gesagt haben soll. Wütend fährt er sie an: „Wieso steckst du mir nicht, dass der Tote offensichtlich gestoßen wurde?“ „Hör mal zu, mein Lieber, i bin ganz sicher, i hab‘s dir deutlich g‘sagt, Vielleicht warst grad mit den Gedanken woanders.“ „Na i waß net, das hätt‘ ich mir doch g’merkt.“ Sie nimmt ihn in den Arm und fragt: „Hat der Schmalzl dich arg niederg’macht deswegen?“ „Aber hallo, er hat g’meint, des wird a Nachspiel haben. Des könnt bedeuten, dass ich in nächster Zeit net befördert werd‘. Und sei‘ Nachfolger werd‘ i dann sicher a net.“

„Sehen wir uns heut‘ abend?“, fragt sie. „Na, des geht net. Ich muss mal unbedingt früher z’haus sein. Evelin ist scho‘ misstrauisch.“ „Evelin? Wer ist das?“ „Mei‘ Freundin.“ „Ach, der feine Herr fährt zweigleisig. Wie schön, dass ich des auch amal erfahr.“ In diesem Moment klingelt das Handy von Fritz und er geht ran: „Hallo Spatzl, gibt’s was Wichtiges? I bin grad in einer Besprechung.“ „Nur ganz kurz: Bringst‘ heut‘ Abend bitte noch drei Flaschen Zweigelt mit. Gerlinde und Lothar kommen um acht zum Essen. Und sei bitte pünktlich.“ Alexandra sagt sehr laut: „Die Besprechung zwischen uns beiden ist gerade zu Ende und er wird sicher rechtzeitig zuhause sein, Evelin.“ „Bis nachher Spatzl“, stottert Fritz und legt schnell auf. Wütend schnaubt Alex: „Schleich di‘, du Falott, brauchst ma gar nimmer herkumma‘.“

56.

Marion Baumgartner öffnet die Tür mit verheultem Gesicht, als Major Schmalzl bei ihr anläutet. Ihre Hände zittern, es ist ihr anzusehen, dass sie nicht ganz nüchtern ist. „Grüß' Sie, Frau Baumgartner. Hätten Sie noch ein paar Minuten Zeit für mich?", bittet Schmalzl um Einlass. „Kommen's nur rein", antwortet sie und schnieft in ihr Taschentuch. Die beiden gehen ins Wohnzimmer und setzen sich. Kaffee lehnt der Polizist ab: „Danke, machen Sie sich keine Umstände. Ich seh' ja, dass es Ihnen nicht gut geht. Sehr verständlich. Tut mir wirklich alles sehr leid!" „Schon gut", meint sie, „es muss ja irgendwie weitergehen. Die Nici kommt eh nachher noch vorbei. Die hilft mir... Was möchten's denn jetzt noch von mir wissen?" „Ja, das ist heute etwas kompliziert. Es ist nämlich so, dass die Nachbarn nicht bestätigen können, dass Sie am Vormittag wieder nach Hause gekommen sind. Sie haben gesagt, dass Sie dann im Garten waren, aber da hat Sie niemand gesehen oder gehört. Der Herr Wallner zum Beispiel, der hat Rasen gemäht und will Sie erst mittags wieder gesehen haben." Marion fühlt sich angegriffen und entgegnet forsch: „Der alte Wallner? Der kriegt bestimmt nicht immer mit, wenn ich draußen bin. Ich hab' ihnen ja schon erklärt, dass die Hecke ziemlich dicht ist. Ich war jedenfalls da, so wie ich es schon gesagt hab'! Und überhaupt, wenn Sie hier die Schuldige suchen, sind Sie auf dem Holzweg!" „Frau Baumgartner, ich beschuldige hier niemand. Ich muss nur die Fakten klären, damit wir den kompletten Tagesablauf Ihres Mannes rekonstruieren können. Und da passt eben einiges noch nicht in unser

Puzzle. ... Und übrigens, zu Ihrer Hecke... Ganz im Vertrauen... Da sollten Sie einmal nachschauen, ob die wirklich überall blickdicht ist. Der alte Wallner meint da was anderes." Marions verwunderter Blick sagt ihm, dass sie tatsächlich nichts von dem Guckloch weiß. „Ach ja, noch was", setzt Schmalzl nach, „Haben Sie Ihr Handy am Samstag mitgehabt?" Kurz muss Marion nachdenken, um dann zuzugeben: „Hm, eigentlich hab' ich das Telefon immer mit. Aber jetzt, wo Sie es sagen, am Samstag hab' ich nach dem Einkaufen bemerkt, dass ich es zu Hause hab' liegen lassen. Ich hab' es unterwegs auch gar nicht gebraucht. Deshalb ist mir das gar nicht aufgefallen."
„Danke, Frau Baumgartner, Sie haben mir sehr geholfen. Auf Wiederschauen!"

57.

Um 14:02 Uhr betritt Erwin Ziegleder das Kommissariat. Fritz Mosic nimmt ihn in Empfang: „Grüß Gott, Herr Ziegleder! Zwei Minuten Verspätung kann man verschmerzen. Danke, dass Sie gekommen sind. Geh‘ ma's an!“ Er führt den Zeugen in den Verhörraum, und der Staatsanwalt Kantenhuber wartet schon im Nebenraum hinter der Scheibe. „Mei, dass ich einmal in so einem Befragungszimmer sitz‘! Wer hätte das gedacht! Da schaut man immer, dass man rechtschaffen und unbescholten bleibt, und trotzdem…“. „Ja, ja, Herr Ziegleder, das ist schnell passiert“, antwortet der Hauptmann. „Bis jetzt haben wir Sie auch nur als Zeugen befragt. Heute gibt es aber etwas Wichtiges zu klären. Sie haben angegeben, in der besagten Zeit an der Donau spazieren gegangen zu sein. Und die Auswertung ihrer Handydaten hat ergeben, dass das stimmt.“ „Na also, dann is‘ ja alles gut.“ „Tja, soweit schon. Aber ihr Telefon war so lang in unterschiedlichen Funkzellen eingeloggt, dass sich in der Zeit auch ein Besuch auf Herrn Baumgartners Jacht ausgegangen wäre.“ Ziegleder wehrt das vehement ab: „Na, so ein Unsinn! Ich mach‘ immer ausgedehnte Spaziergänge dort. Da geh‘ ich schon einmal zum Donaufritzi auf ein Bier. Kann sein, dass ich am Samstag auch da war. Aber ich war definitiv zu Mittag wieder zu Hause und hab‘ dann gekocht.“ „Der Donaufritzi ist bei Nussdorf. Sie waren aber viel weiter in Richtung Klosterneuburg unterwegs.“ Der Makler druckst nervös herum, überlegt und überlegt. Dann hat er einen Geistesblitz: „Ach, ja! Das hab‘ ich total ausgespeichert! Ich war an dem Tag nicht beim Donaufritzi, sondern bin noch im Kuchelauer Hafen eingekehrt. Das müssen's mir jetzt glauben! So war's!" „Naja, das würde die Entfernung erklären. Das müssen wir noch überprüfen. Haben Sie dort mit jemand gesprochen oder jemand getroffen?" „Nein, leider nicht. Aber ich war da! Wirklich!"

Mosic und Kantenhuber sind sich nicht sicher, ob sie dem Mann glauben können. „Er wirkt einerseits ehrlich betroffen, andererseits ist er so nervös. Ich weiß nicht…", sinniert der Staatsanwalt. Mosic ist der Meinung das bald klären zu können: „Irgendwie muss man ja feststellen können, ob der in der Kuchelau aufgetaucht ist." „Also dann, Herr Hauptmann, weiter geht's. Wissen Sie, wo der Herr Schmalzl gerade zugange ist?"

58.

Fritz Mosic fährt noch einmal zu Luisa Strasser in die Firma. Nachdem sie in ihrem Büro Platz genommen haben, schießt Fritz den ersten Satz ins Blaue auf sie ab: „Frau Strasser, wir haben einen Zeugen, der Sie am Samstagvormittag mit Gerhard Baumgartner auf dem Boot gesehen hat. Was sagen Sie dazu?" „Das is a Blödsinn. Des muaß sich jemand aus'dacht ham. I war z'haus und hab g'arbeit und bin dann zu Elena ins Restaurant g'fahr'n. Das ist die Wahrheit." „Das mit dem Restaurant haben wir überprüft, aber Sie sind erst sehr viel später dorthin gekommen als verabredet. Ich denke, Sie waren vorher mit Gerhard auf dem Boot." „Wieso hätt' ich mit dem Boot fahren sollen. Der hat mit mir Schluss g'macht?" „Ja genau, um ihn deshalb umzubringen, wie Sie es angekündigt haben." „Und wie hätt' ich das tun sollen?" „Na ganz einfach, indem Sie ihn von Bord schubsen und dann mit dem Boot davon düsen. Danach konnten sie seelenruhig zum Essen mit ihrer Freundin fahren." „Aber vom Ins-Wasser-Schubsen stirbt doch keiner. Da wär' er halt zur Strafe a bissi nass wor'n und dann an Land g'schwommen."

„Frau Strasser, des wird mir zu bunt. Kommen Sie morgen früh um zehn Uhr dreißig aufs Revier. Wir werden Sie nicht mehr als Zeugin, sondern als Verdächtige befragen." „Ja, aber wieso? I hab doch damit nix zu tun?" „Das klären wir dann morgen beim Verhör."

59.

Marion Baumgartner ist verzweifelt. Die Polizei will sie noch einmal im Kommissariat befragen. Der Kommissar hat eben noch einmal angerufen und sie einbestellt. Sie möchte lieber ihren Vater als Anwalt dahin mitnehmen. Sie ruft ihn an: „Hallo Papa. Kannst du mich morgen früh um neun Uhr zur Befragung ins Kommissariat begleiten, bitte?“ „Das tut mir sehr leid, aber morgen Vormittag habe ich eine wichtige Gerichtsverhandlung, da muss ich persönlich dabei sein. Was will denn die Polizei noch von dir?“ „Der Schmalzl hat gesagt, dass es da ein paar Ungereimtheiten mit meinem Alibi gibt, die möchte er noch einmal mit mir besprechen.“ „Hast du denn irgendetwas zu verbergen?“ „Nein, natürlich nicht. Aber ich hab‘ halt keinen Beweis dafür, dass ich am Vormittag aus dem Auto vom Gerhard ausgestiegen und nach Hause gefahren bin. Scheinbar hat mich niemand gesehen.“ „Dann bleib einfach bei deiner Aussage und gib nichts weiter zu Protokoll. Wenn dann noch weitere Termine folgen, sprechen wir die vorher ab und ich komme mit.“ „OK, aber ich hab‘ Angst, dass sie mir was anhängen.“ „Die müssen deine Schuld beweisen und nicht du deine Unschuld. Also sorg dich nicht zu sehr und lass uns nach dem Termin gleich telefonieren.“

Als Marion kurz vor neun ins Polizeipräsidium kommt, wird sie direkt in den Verhörraum geführt. Major Schmalzl bietet ihr Kaffee und Wasser an, dann beginnt er mit dem Verhör: „Frau Baumgartner, Sie haben ausgesagt, dass Sie mit Ihrem Mann zwar zum Boot fahren wollten, aber unterwegs gestritten haben. Dann sind Sie ausgestiegen und mit Bus und

U-Bahn nach Hause gefahren. Stimmt das so?" „Ja, genau so war's." „Aber wieso finden wir dann keinerlei Beweise dafür, weder in den Videoaufzeichnungen der Öffis noch gibt es Nachbarn, die Sie gesehen haben." „Das kann ich ja nicht ändern, aber dennoch ist es so, wie ich sage." „Frau Baumgartner, ist es nicht eher so, dass Sie mit Ihrem Mann zur Donau gefahren und dann zusammen mit dem Boot losgefahren sind. Dann haben Sie sich gestritten und ihn dabei versehentlich ins Wasser gestoßen. Das wär' für mich eine plausible Erklärung. Und das wär' zwar ein Unglück, aber wahrscheinlich eher eine fahrlässige Körperverletzung. Kann es so gewesen sein?" „Nein, ich sag Ihnen doch, ich bin aus dem Auto ausgestiegen und heimgefahren."

„Worum ging es eigentlich in Ihrem Streit?" „Es ging, wie schon oft in der letzten Zeit, um unsere Finanzen und dass Gerhard Insolvenz wird anmelden müssen, wenn er nicht bald einen größeren Auftrag bekommt." „Und was genau hat Sie dann so wütend gemacht, dass Sie ausgestiegen sind?" „Er hat gesagt, er denkt, er bekommt den Auftrag mit der drei-Millionen-Villa zumindest zur Hälfte, weil er mit einem Kollegen teilen will." „Ja, aber das wär' doch gut." „Aber ich hab' ihn gefragt, ob das denn schon fix ist und ob der Ziegleder dem zustimmt. Da hat er gesagt, des wird scho'. Das sagt er immer, wenn er nimmer weiterweiß. Und dann hat er noch g'sagt, dass er das Boot verkaufen wird, damit wir aus dem Gröbsten herauskommen." „Und das war so schlimm, dass Sie ausgestiegen sind?" „Ja, weil mit dem Boot fängt's an, dann kommt das Auto und dann das Haus. Wo soll das denn enden?"

„Frau Baumgartner, kann es sein, dass es noch andere Punkte bei Ihrem Streit gab? Haben Sie vielleicht herausgefunden, dass Ihr Mann ein Verhältnis hat?“ „Was? Nein. Wer sagt das?“ „Nun, es gibt Beweise dafür.“ „Ich weiß jedenfalls davon nix, und jetzt will ich gehen. Bei den Beschuldigungen möchte ich einen Anwalt dabeihaben. Beim nächsten Mal bringe ich meinen Vater mit, der wird mich vertreten.“ „Das ist Ihr gutes Recht, Ich lasse Sie dann wieder vorladen. Auf Wiedersehen Frau Baumgartner.“

Major Schmalzl geht nach dem Verhör in den Vorraum, wo Staatsanwalt Kantenhuber und Fritz Mosic zugeschaut haben und fragt: „Na, was meint ihr, sagt sie die Wahrheit?“ Kantenhuber antwortet: „Ich kenn sie ja noch nicht, aber sie schien mir doch recht nervös zu werden, als sie das mit dem Verhältnis angesprochen haben. Ich glaube, sie hat zumindest etwas davon geahnt.“ „Ich glaub, dass sie es gewusst hat. Sie tut hier nur so, als ob das neu für sie ist“, meint Fritz. „Übrigens hat der Hans Vilsmayr herausgefunden, dass Baumgartner eine Lebensversicherung über eine Million Euro hat. Die zahlt natürlich nicht, wenn sie ihn umgebracht hat, wahrscheinlich nicht einmal bei Totschlag. Auch deshalb will sie vielleicht keine Schuld zugeben.“ „Ui, eine Million, damit wär‘ sie aus dem Gröbsten raus. Da würd‘ ich auch alles abstreiten“, sagt Kantenhuber. Und Schmalzl antwortet: „Dann schauen wir mal, was Frau Strasser gleich von sich gibt. Denn die hat auch ein Motiv und hat ja sogar angedroht, ihn umzubringen.“

60.

Fritz Mosic hat es heute eilig, nach Hause zu kommen. Nach dem peinlichen Vorfall am Vormittag in der Pathologie wäre es an der Zeit, Klarheit zu schaffen. So wie er Evelin kennt, denkt sie schon den ganzen Tag über das nach, was sie am Telefon gehört hat. Unterwegs kauft er auch den Wein für den Besuch am Abend. Er schafft es sogar, noch vor den Gästen daheim zu sein.

Fritz will Evelin mit einem Kuss begrüßen, aber sie weicht zurück und sagt kühl: „Servus, du Hallodri! … Sag, wer war denn die heute, die sich da am Telefon eingemischt hat?“ „Ach die, das war unsere neue Pathologin. Ich glaub‘, die hat ein Auge auf mich geworfen und hat ein bisserl beleidigt reagiert, wie sie gemerkt hat, dass ich nicht mehr zu haben bin.“ Damit hat er Evelin noch nicht überzeugt. Sie gibt noch keine Ruhe: „Und du kannst da natürlich gar nix dafür, gell? Du hast nicht zufällig ein paar Abende mit ihr verbracht?“ Fritz ist sehr verwundert über den Scharfsinn seiner Freundin und erkennt, dass er ein wenig von dem zugeben wird müssen, was er angestellt hat. *‚Aber nicht zu viel…“,* nimmt er sich vor. „Schau, Lini, es is‘ so. Sie war vom ersten Moment an sehr freundlich zu mir, und ich will nicht leugnen, dass mir aufgefallen ist, dass sie mir schöne Augen macht. Ich war zweimal mit ihr Kaffeetrinken, aber das war’s auch schon.“ „Und wann trefft ihr euch wieder?“, fragt Evelin spitz. „Du, ich sag dir was, ich werd‘ die vorsichtshalber gar nimmer treffen, sonst wirst du mir noch eifersüchtig.“ „Des bin i scho‘, du Rumtreiber. I glaub‘, i muss a bissi mehr auf dich aufpassen.“ „Nein, das musst du nicht, das mach ich scho‘ selbst. I weiß, was ich an dir hab, und das möchte ich nicht aufs Spiel setzen.“ Da klingelt es an der Haustür und ihre Gäste kommen.

61.

Luisa Strasser erscheint zusammen mit ihrem Anwalt Hermann Auer im Kommissariat. Auer bittet zunächst darum, über die bisherigen Kenntnisse informiert zu werden. Alois Schmalzl erläutert ihm den Ermittlungsstand, wobei ihn der Anwalt immer wieder unterbricht und Zwischenfragen stellt. Dann fragt er zielsicher: „Tja, soweit wäre klar, dass es mehrere Verdächtige in diesem Fall gibt. Was genau werfen Sie nun meiner Mandantin vor?“ Schmalzl wendet sich direkt an Luisa mit der Vermutung: „Frau Strasser, Sie waren mit Gerhard Baumgartner auf dem Boot unterwegs. Es kam zum Streit, und Sie haben ihn ins Wasser gestoßen.“ „Schwachsinn“, entgegnet die Beschuldigte, „ich hab‘ schon mehrfach gesagt, dass ich zu Hause war.“ „Dann beginnen wir anders. Wie liefen denn Ihre früheren Bootsfahrten mit Gerhard ab?“ Luisa denkt kurz nach, um dann zu schildern: „Nun, wir sind ein paarmal auf der Donau und den Donaukanal entlanggeschippert. Oft haben wir irgendwo geankert und miteinander geschlafen. Manchmal bin ich auch ein paar Runden geschwommen.“ „Ist Gerhard auch ins Wasser gegangen?“ „Nein, er ist ein bisschen wasserscheu. Das heißt, er WAR ein bisschen wasserscheu und wollte auch lieber im Boot bleiben, damit es sich nicht löst und davontreibt.“ Schmalzl sieht Luisa mit strengem Blick an und streicht dabei mit dem Zeigefinger über seinen Schnauzbart. Der Anwalt hat seinen konzentrierten Blick auf beide gerichtet, stets bereit, einzugreifen. Schmalzl fährt fort: „Sie wollen mir also weismachen, dass Sie nicht gewusst haben, dass Herr Baumgartner nicht schwimmen konnte?" „Wie bitte? Was? Was soll das heißen, er konnte nicht schwimmen?!" Luisa ist außer sich und sehr überrascht. „Das hätte er mir doch gesagt!" Schmalzl bohrt weiter: „Ja, er konnte nicht schwimmen, und Sie haben ihn ins Wasser geschubst." „Blödsinn! Das träumen Sie wohl!" „Nein, nein, Frau Strasser, wir haben einen Zeugen, der Sie beide beobachtet hat." „Aber definitiv nicht am Samstag, Herr Schmalzl! Jetzt hören's einmal auf mit diesen Beschuldigungen!" Jetzt wird es auch Herrn Auer zu viel, und er bittet um eine Unterbrechung: „Herr Schmalzl, ich würde gern mit meiner Mandantin unter vier Augen sprechen, wenn Sie so freundlich wären."

Der Anwalt will auf Nummer sicher gehen und redet Luisa ins Gewissen: „So wie es ausschaut, Frau Strasser, sind Sie tatsächlich noch nicht ganz aus dem Schneider. Sie müssen mir jetzt alles sagen, was Sie wissen, oder was da gewesen ist. Sonst weiß ich nicht, wie ich Ihnen helfen kann." Luisa unterbricht ihn unsanft: „Des derf jetzt aber net wahr sein! Sie glauben mir a net?" „Bei mir kommt es nicht aufs Glauben an. Ich muss nach den Fakten gehen, genau wie die Polizei. Und die müssen Sie mir liefern, dann packen wir das." Luisa lässt den Kopf sinken: „Aber was soll ich denn sonst erzählen, außer dass der Gerry am Mittwoch schon mit mir Schluss gemacht hat und dass ich seitdem nimmer bei ihm war? Samstag war ich zu Hause, wie ich gesagt hab'. Punkt." Jetzt rinnen ihr sogar ein paar Tränen über die Wangen, sie sucht in ihrer Handtasche nach einem Taschentuch. Herr Auer beruhigt sie und sagt: „Also, wenn Sie mir versichern, dass Sie mir die Wahrheit gesagt haben, dann schauen wir jetzt weiter.“ „Ja, ich schwör’s.“

Schmalzl setzt das Verhör fort, aber er dreht sich im Kreis. Luisa bleibt hartnäckig bei ihrer Aussage, und Anwalt Auer steht bei jedem Satz fest hinter seiner Mandantin: „Schauen’s, Herr Schmalzl, Sie müssen Frau Strasser beweisen, dass Sie nicht zur angegebenen Zeit zu Hause war. Wenn Sie diese Aufgabe gelöst haben, sehen wir uns gerne wieder. Bis dahin verabschieden wir uns. Wiederschau’n!“

62.

„Schmalzl“, raunzt der Major in sein Telefon. „Kai Hörninger von der Krone hier, haben’s a Moment’l?“, fragt der Journalist. „Was wollen’s scho‘ wieder“, schnauft Schmalzl. „Herr Major, i hab da mal a Frage zu dem Toten aus der Donau, dem Baumgartner.“ „Da hamma no ka‘ Ergebnis“, sagt Schmalzl. „‘s könnt a Unfall sein oder a Verbrechen, aber mehr kann i net sagen.“ „Ja, i hab g’hört, dass Sie sowohl die Frau, als auch des G‘spusi von dem Mann im Aug‘ ham, oder net?“ „No‘ amal: Dazu kann i nix sag’n.“ „Also wissen’s, i hab selbst a bissi recherchiert und hab mich heut‘ früh mit dem Ehepaar Binder unterhalten, des san‘ Freund‘ vom Ehepaar Baumgartner. Der Martin Binder hat des mit der Luisa g’wusst, und die Christa hatte selbst a Aug auf den Gerry g’worf’n. Vielleicht hat die was mit dem Verbrechen z‘ tun, wenn’s denn eins war.“ „Wieso denn?“ „Na ja, die Christa hat so komisch g’schnauft, als wir uns über den Gerry unterhalten ham und g’sagt, dass sie den sehr gern g’mocht hat. Als der Mann mal aus’n Zimmer ‘gangen is, hat sie zu’geb’n, dass sie früher sehr verliebt war in den Gerry. Mehr konnt‘ i net rausbringen, aber es könnt‘ doch sei‘, dass die eifersüchtig war, als der Martin ihr von der Luisa Strasser erzählt hat.“

Schmalzl verabschiedet sich schnell und ruft Fritz Mosic an: „Schau mal, dass du die Christa Binder befragst. Der Hörninger von der Krone hat g‘meint, die könnt a was z‘ tun ham mit dem Tod vom Gerhard, weil sie eifersüchtig war auf die Luisa. Des fehlt uns grad no‘, wo ma fast am Ziel san‘.“ „OK, Chef. Ich mach‘ mich gleich auf den Weg.“

Mosic fährt zum Ehepaar Binder nach Hause und Christa öffnet ihm die Tür. „Grüß Gott, Frau Binder, Mosic von der Kripo. I hätt a paar Fragen wegen dem Tod vom Gerhard Baumgartner.“ „Dann kommen's rein. Mein Mann is‘ aber net z'haus.“ „Ich hab auch eher Fragen an Sie, als an Ihren Mann. Mit dem hab‘ ich schon Anfang der Woche g'sprochen. Der hat ja von dem Verhältnis zwischen dem Gerry und der Luisa gewusst.“ „Ja, des hat er mir die ganze Zeit verheimlicht. Erst letzte Woch‘n hat er mir erzählt, dass der Gerry des Pantscherl g'habt hat, dass er aber jetzt mit der Luisa Schluss g'macht hat.“ „Und wie ging's Ihnen damit?“ „Na ja, i war scho eifersüchtig. Wissen's, i hab mal sehr für'n Gerry g'schwärmt, bevor er die Marion kenneng'lernt hat. Und als mei‘ Mann mir des von der Luisa erzählt hat, hab i denkt, na mit soaner fangt er was au, und mi mag er net.“ Sie schnieft heftig, zieht ein Taschentuch aus ihrer Hosentasche und schneuzt sich. „Haben Sie dann mal versucht, mit Herrn Baumgartner zu sprechen oder ihn zu treffen? „Daran ‘dacht hab‘ i scho, aber i hab‘ mi net ‘traut. Der hat mi‘ damals net woll'n, und des wird sich a net g‘ändert ham.“ „Wo waren Sie denn am Samstagvormittag, Frau Binder?“ „Da war i mit zwei Freundinnen in der Sauna.“ „Ich muss das überprüfen. Können Sie mir bitte deren Telefonnummern geben.“ „Ja, warten's, i schreib's auf.“ „Hier, bitte.“ Vielen Dank, Frau Binder, auf Wiedersehn.“ „Wiederschau‘n.“

Auf dem Weg ins Kommissariat ruft Fritz gleich aus dem Auto die beiden Freundinnen an und bekommt die Bestätigung, dass sie zu dritt von neun bis zwei in der Sauna waren. Sofort berichtet er Alois Schmalzl und gibt Entwarnung.

Schmalzl informiert telefonisch den Journalisten Kai Hörninger, damit der keine Falschmeldung bringt. Dann sagt er ihm noch: „Warten's bis nach dem Wochenende, Herr Hörninger, dann gibt's vielleicht Neuigkeiten. I ruf Sie an."

63.

Am Freitag um 15:30 Uhr wird es für Marion noch einmal ernst. Das nächste Verhör steht an. Diesmal hat sie jedoch ihren Vater, Klaus Holzer, als Rechtsanwalt zur Unterstützung dabei. Die befragenden Beamten sind Alois Schmalzl und Agathe Perm. Last, but not least schaut Emil Kantenhuber von außen zu und erhofft sich mehr Erkenntnisse als beim Gespräch mit Frau Strasser.

Die Fragestellung ist zu Beginn auch dieselbe wie bei Luisa. Für sie und Marion gelten die gleichen Voraussetzungen. Die Zeugenbeschreibung passt auf beide Frauen. Die Alibis stehen auf schwachen Füßen. Und ein Motiv für die Tat haben sie auch. Wieder ist es der Anwalt, der das Gespräch eröffnet: „Grüß Gott, Frau Perm, Herr Schmalzl. Sie sehen, meiner Mandantin geht es heute nicht gut. Die Sache nimmt sie verständlicherweise sehr mit.“ Es stimmt, ihre Körperhaltung und das fahl wirkende Gesicht sprechen Bände. Agathe antwortet: „Ja, das ist uns bewusst, Herr Holzer. Wir werden Ihrer Tochter unsere Fragen so vorsichtig wie möglich stellen. Aber einiges muss noch geklärt werden.“ „Dass meine Mandantin meine Tochter ist, tut nichts zur Sache. Ich ersuche Sie, diese Tatsache während des Gesprächs auszublenden. Ich werde sie professionell begleiten. Weiters hätte ich gern Akteneinsicht, bevor wir anfangen.“ „Na gut“, meint Schmalzl, und schnaubt ein bisschen durch seinen Schnauzer. „Das kostet uns noch einmal zwanzig Minuten, aber dann fangen wir an.“ Die Polizistin an der Tür begleitet Herrn Holzer in einen Nebenraum, wo er in Ruhe alle Inhalte überfliegen kann.

Während sich der Anwalt mit dem Fall vertraut macht, bekommt Marion ein Glas Wasser. Kaffee möchte sie nicht, darauf würde ihr schlecht werden. Schmalzl geht hinaus und nur Agathe bleibt bei ihr. Marion beginnt, beinahe wie in Trance zu erzählen: „Wie kann das alles sein? Es hat damals alles so schön begonnen. Wir haben uns so sehr geliebt. Ich weiß noch, wie wir die Villa gekauft haben. Als Erstes wollte der Gerhard einen Pool bauen. Nie werd‘ ich vergessen, wie viel Arbeit er sich gemacht hat, den großen Nichtschwimmerbereich zu integrieren. Alle haben sich drüber gewundert. Sie haben gemeint, die Kinder lernen ja eh schnell schwimmen. Es wusste ja keiner, dass ER nicht schwimmen kann… Er war so ein lieber Vater. Wie die Kinder zur Welt gekommen sind, hab‘ ich mir immer gedacht, einen besseren Mann hätt‘ ich nie finden können.“ Sie wischt sich gerade eine Träne vom Gesicht, als ihr Vater hereinkommt und sich wieder neben sie setzt. „So“, sagt er, „jetzt kann es losgehen.“

„Frau Baumgartner, wir haben einen Zeugen, der Sie und Ihren Mann auf dem Boot gesehen hat“, beginnt Alois Schmalzl. „Sie haben gestritten und ihn dann ins Wasser geschubst. Aber Sie haben behauptet, dass Sie dort am Samstag gar nicht waren. Wie passt das zusammen?“ Marion schaut den Major mit geröteten Augen an und bleibt bei ihrer Aussage: „Das war ich nicht. Der Zeuge muss sich verschaut haben. Es gibt viele blonde Frauen auf dieser Welt.“ „Also doch eine Geliebte? Oder wie viele blonde Damen kennen Sie, die mit Ihrem Mann an Ihrer Stelle kurzfristig eine Bootstour unternehmen würden?“, merkt Schmalzl sofort an. Marion wirft ihrem Vater einen hilfesuchenden Blick zu. Dieser reagiert prompt: „Das ist eine wilde Spekulation! Bitte, machen Sie konkreter weiter!“ Da meldet sich Agathe zu Wort: „Also, ich finde, der Kollege hat recht. Frau Baumgartner hat beim letzten Gespräch behauptet, sie wüsste nichts von einer Geliebten. Wer sollte dann diese andere Frau sein?“ Da muss Marion nach kurzer Überlegung doch zugeben: „Naja, geahnt hab‘ ich schon was. Aber ich hab‘ doch nie ernsthaft damit gerechnet. Wirklich nicht!... Kann ich bitte noch ein Glas Wasser haben?“ Die Kollegin an der Tür reagiert sofort. „Und trotzdem bleiben Sie dabei, nicht selber dagewesen zu sein.“ „Ja, absolut! Ich war das nicht!“ Ihre Hände zittern. „Schön“, sagt Schmalzl, „dann kommen wir zur nächsten Frage: „Bitte, schildern Sie mir noch einmal genau, wann und mit welchen Verkehrsmitteln Sie nach Hause gefahren sind.“ „Das hab‘ ich jetzt schon mindestens hundertmal erzählt.“ „Trotzdem, und bitte etwas genauer. Zeit, Ort, Linie…“. „Also gut, aber ob ich die genaue Zeit noch weiß, das glaub‘ ich nicht. Es könnte so gegen halb zehn gewesen sein, wie ich in die U6 eingestiegen bin. Ich bin am Handelskai aus dem Auto und fuchsteufelswild ein paar Minuten zur Station gerannt. Bei der Währingerstraße bin ich in den 40A-Bus umgestiegen und bis zur Cottagegasse gefahren. Und so ungefähr um 10:15 Uhr muss ich daheim gewesen sein.“ Während Agathe ihren Laptop einschaltet, sagt sie zu Marion: „Sehen Sie, und da ist unsere große Ungereimtheit. Wir haben alle relevanten Kameras überprüft, aber Sie nirgends gefunden. Also können weder die Verkehrsmittel noch die Zeit stimmen. Dazu kommt, dass man Sie zu Hause auch erst am frühen Nachmittag wieder gesehen hat. Das Einzige, was einigermaßen zu Ihrer Aussage passt, ist Ihr Einkauf beim Billa. Aber der wäre sich auch nach der Bootstour noch ausgegangen.“ Da schreitet Herr Holzer wieder einmal ein: „Also bitte, das kommt schon vor, dass man einzelne Personen in der Menge nicht erkennt. Es gibt sicher tote Winkel, oder irgendjemand hat die Sicht verstellt. Das ist kein Beweis.“ Jetzt dreht Agathe den Laptop um, sodass Anwalt und Verdächtige den Bildschirm sehen können und sagt: „Das stimmt schon. Aber wenn man weitersucht, wird man manchmal woanders fündig.“ Sie drückt auf „Play“, und nach ein paar Sekunden ruft Marion erleichtert: „Na bitte! Da bin ich ja! Hab‘ ich doch gesagt.“ Die Polizisten sagen nichts. Gleich wird den beiden auffallen, dass es sich auf dem Video nicht um die U6 handelt, sondern um eine Straßenbahn. Das nächste Filmchen zeigt Frau Baumgartner zwar im 40A, aber die Zeitangabe verrät, dass es viel später war, als Marion angegeben hat. „Sie sind um 12:14 Uhr am Nussdorfer Platz in den D-Wagen eingestiegen und haben den 40A um 12:35 verlassen. Jetzt bin ich auf Ihre Erklärung mehr als gespannt“, stellt Schmalzl in den Raum. Der Anwalt will das Ruder noch einmal herumreißen: „So einfach ist das aber nicht! Ich hätte meine Mandantin auf diesen Aufnahmen gar nicht eindeutig erkannt. Schauen Sie, die sind doch unscharf.“ „Auch das haben wir bedacht“, ergänzt Agathe, „Wir haben zwei Personen aus Frau Baumgartners Umfeld diese Aufnahmen gezeigt, und beide haben ihre Person sofort eindeutig identifiziert. Hiermit gilt es als bewiesen, dass Sie wissentlich falsche Angaben gemacht haben. Ihr Alibi ist hinfällig, und Sie sind jetzt unsere Hauptverdächtige. Frau Baumgartner, wir müssen Sie nun als Beschuldigte im Fall des Ablebens Ihres Ehemannes hierbehalten.“

Bevor Alois weiterreden kann, mischt sich Herr Holzer ein: „Nein, das ist nicht notwendig. Bei Frau Baumgartner besteht keinerlei Fluchtgefahr. Meiner Meinung nach reichen auch die Beweise noch nicht aus. Sie haben noch nicht nachgewiesen, dass sie tatsächlich auf dem Boot war. Außerdem braucht Marion… Frau Baumgartner ärztliche Betreuung, wie Sie selbst sehen."

Agathe und Alois entschuldigen sich kurz, um nebenan mit dem Staatsanwalt zu klären, ob sie Marion wirklich gehen lassen müssen. „Wir haben sie doch in der Tasche", sagt Schmalzl. „Ja, schon", antwortet Kantenhuber, „aber leider hat der Advokat in allen Punkten recht. Der letzte Beweis fehlt uns noch, und wir müssen auch ihren Zustand bedenken. Sie schaut ja schon aus wie der wandelnde Tod in Person." Agathe geht zurück in den Verhörraum und entlässt Marion.

64.

Auf der Heimfahrt fragt Klaus Holzer seine Tochter: „Du, sag mir jetzt ehrlich, hast du was mit dem Tod vom Gerhard zu tun? I muss des wissen, denn, wenn es so ist, dann müssen wir unsere Verteidigungsstrategie entsprechend aufbauen. Wir können versuchen, es wie einen Unfall aussehen zu lassen." „Du glaubst mir also auch nicht", seufzt Marion. „Das ist ja furchtbar!" „Schau, Liebes, ich will dir gern glauben, aber vor Gericht zählt nur die Wahrheit. Hast du von dem Verhältnis mit der Luisa gewusst oder nicht?" „Geahnt hab' ich es, immer wieder gab es kleine Anzeichen, dass da irgendwas läuft. Aber die Affäre hätt' ich ihm doch verziehen. Das war wahrscheinlich eher so eine Bettgeschichte, die Männer in der Midlife Crisis scho' amal anfangen. Ich glaub' auch, dass wir finanziell wieder auf die Beine gekommen wären." „Wieso? Ging's euch nicht gut?" „Nein, die Auftragslage ist im Moment sehr schlecht. Vielleicht auch, weil Gerhard mit den Gedanken nicht immer bei den Kunden, sondern eher bei der Tussi war. Deshalb wollte er das Boot verkaufen, damit wir uns mit dem Erlös einige Zeit über Wasser halten können. Und er hatte einen großen Auftrag im Auge, den er sich mit einem Kollegen teilen wollte. Dann wären wir für längere Zeit aus dem Schneider gewesen." „Marion, das hättest du uns doch sagen können. Wir hätten euch doch eine Zeit lang unterstützen können. das ist doch das Mindeste, was Eltern für ihre Kinder tun können." „Dafür war der Gerhard zu stolz. Henriette und Fritz wussten auch nichts davon."

„Nun zurück zu dem Samstag: Hast du etwas mit dem Tod von Gerhard zu tun oder nicht?" „Nein, verdammt!!! Jetzt hör doch auf. I wer‘ noch narrisch mit dem ständigen Gebohre danach.“ „OK, dann überleg ich mir am Wochenende, wie wir die Polizei davon überzeugen können. Du hast jetzt wahrhaftig genug am Hals. Du musst dich um die Beerdigung kümmern. Und die Kinder kommen nächste Woche nach Hause, die wissen noch von nichts.“ „Das ist das Schlimmste, ich hab‘ keine Ahnung, wie ich ihnen das erklären soll.“ Plötzlich bricht sie wieder in Tränen aus und kann sich gar nicht mehr beruhigen.

Als Klaus Holzer sie wieder bei ihrem Zuhause absetzt, ist ihm gar nicht wohl, bei dem Gedanken, sie allein zu lassen. Aber Marion will nicht, dass er noch bleibt, sondern möchte allein sein. Auf dem Weg nach Hause ruft er Nicole an und bittet sie, sich mal bei Marion zu melden.

65.

Es ist Freitagabend, 18:30 Uhr. Im Kommissariat herrscht reges Treiben. Die Kolleginnen und Kollegen haben ein Buffett vorbereitet, um Agathes Beförderung zur Hauptfrau einen angenehmen kulinarischen Rahmen zu geben. Jeder hat etwas mitgebracht, für ausreichend Speis' und Trank ist also gesorgt. Das Transparent mit der Aufschrift *‚Herzlichen Glückwunsch'* hat man sorgfältig über Agathes Schreibtisch positioniert. Im Hintergrund läuft dezent Musik. Die gemischte Playlist im Shuffle Modus sorgt dafür, dass für jeden Geschmack etwas dabei ist.

Unter den Gästen finden sich der neue und der alte Staatsanwalt, fast die komplette Belegschaft der Spurensicherung, natürlich die SOKO Amore und mehrere Mitarbeiter aus den umliegenden Büros. Als Fritz den Raum betritt, wird ihm ein wenig heiß, weil er befürchtet, dass er hier Alexandra über den Weg laufen könnte. Er selbst wollte nicht absagen, weil er Agathe nicht enttäuschen möchte. Alois bemerkt seinen suchenden Blick und fragt: „Suchst' etwa die Frau Winkelmeyer? Die is' net da. Sie musste kurzfristig absagen. Irgendwas Familiäres oder so." „Ah, na", redet sich Fritz raus, sehr um einen neutralen Gesichtsausdruck bemüht, „ich find' die Agathe nicht. Ist sie schon da?" „Ja, da drüben... schau... beim Buffett." Agathe bewundert gerade die üppige Auswahl an Speisen, und Zoran Tadic überreicht ihr ein Glas Sekt. „Ach, sie ist beschäftigt", schmunzelt Fritz. Alois nickt lächelnd mit dem Kopf. Fritz wechselt eilig das Thema und fragt Alois: „Sag, dass wir die Marion Baumgartner nachhaus' gehen lassen, bei der Beweislage, is' doch net OK, oder?" Alois'

Lächeln verebbt hinter seinem Schnauzer, und er antwortet: „Seh' ich genauso. Aber des is' a zweischneidiges Schwert, Fritz. Der Oberstaatsanwalt würde uns den fehlenden Beweis für die Anwesenheit am Boot augenblicklich vor die Füße werfen. Und wenn wir ehrlich sind, die Strasser ist auch noch nicht ganz entlastet... Und no'was, ... der Baumgartner geht's gar net gut. Sie ist mit den Nerven fertig, da muss der Arzt kommen. Ich hab' gehört, sie bekommt heute ein Beruhigungsmedikament verbreicht." „Jessas, die Arme! Aber man fragt sich automatisch, is' des, weil sie ein schlechtes Gewissen hat oder weil ihr der Tod ihres Mannes so nahe geht." Wieder Kopfnicken auf Alois' Seite.

Agathe hatte zwar gesagt, sie hoffe, dass man zu ihrer Feier keinen großen Aufwand betreiben werde, aber jetzt ist sie sehr erfreut über die Mühe, die sich alle gemacht haben. „Schau, Zoran, sogar eine Sachertorte gibt's. Das ist meine Lieblingsmehlspeis'!", schwärmt sie. Er meint zustimmend: „Ja, wirklich eine großartige Feier. Danke nochmal, dass du mich dazu eingeladen hast." Dann hebt er sein Glas und lächelt Agathe an: „Da fehlt eigentlich nur mehr eine Rede. Ich meine, eine Beförderung ist schon ein paar Worte wert. Zufällig hätte ich da ein paar vorbereitet." Agathe ist sprachlos, denn damit hat sie nicht gerechnet. Zoran klopft mit einer Gabel gegen sein Glas und hat in kürzester Zeit die Aufmerksamkeit der Gäste. Es wundert auch niemand, dass ausgerechnet er diesen Part übernimmt.

„Liebe Agathe, liebe Gäste, es ist ein sehr erfreulicher Anlass, der uns heute hier zusammenkommen lässt. Eine, die es sich wirklich von ganzem Herzen verdient hat, steigt in ihrer Karriere eine Stufe höher.

Hauptmann ist der Grad, der ab sofort in ihren Dokumenten zu lesen sein wird. Wir wissen, dass Agathe keine Genderfanatikerin ist, aber sie findet es gut, dort wo es Sinn macht, die weibliche Form zu verwenden. Und, das sehen hoffentlich alle so wie ich, Hauptmann passt einfach nicht zu einer so wunderbaren Frau. Viel besser klingt doch Hauptfrau. In diesem Sinne wünsche ich Hauptfrau Agathe Perm alles Gute und viel Erfolg bei der Ausübung ihres neuen Amtes! Dankeschön fürs Zuhören!“

„Herr Ex-Staatsanwalt, schön dass Sie meine Aufgabe übernommen haben. Aber etwas möchte ich noch sagen“, hebt Schmalzl an und fügt hinzu: „I hab’s ja net so mit ’n Tschendern. I könnt‘ net sag’n Frau Hauptfrau Perm. Deshalb sag‘ i weiter Agathe zu dir und i hoff, dass ‘d so bleibst wie du bist. Denn dann wirst‘ no‘ irgendwann Frau Major. Danke für dei‘ unermüdliche Arbeit und für die freundliche und kollegiale Art, mit der du uns alle behandelst.“

Wie auf Kommando erscheint aus dem Hintergrund eine junge Kollegin mit einem riesigen Blumenstrauß, den sie der Aufsteigerin freudestrahlend überreicht. Agathe bedankt sich herzlich für die lieben Worte und dafür, dass alle so schön zusammengeholfen haben. Und sie fügt hinzu: „Dann lasst es heute ordentlich krachen! Habt einen traumhaften Abend, der euch in Erinnerung bleiben soll!“

66.

Während im Polizeipräsidium die große Fete steigt, geht auch bei Marion Baumgartner der Alkoholspiegel stetig in die Höhe. Sie ist allein zu Hause und kann ihre wirren Gedanken nicht mehr ordnen. Ihre Verzweiflung nimmt bedrohliche Ausmaße an. Der Arzt hatte ihr Beruhigungstabletten gegeben, aber es ist ihr egal, was sie anrichtet, wenn sie auch noch Alkohol zu sich nimmt. Als sie die Augen schließt und sich alles dreht, sieht sie Gerhard vor sich, ganz verschwommen, aber mit lachendem Gesicht. *‚So glücklich warst du, als wir hier eingezogen sind.‘* Sie will ihn an sich drücken, merkt dann aber, dass er gar nicht da ist. Als sie ihre Kinder weglaufen sieht, macht sie die Augen auf und greift erneut nach dem halbleeren Schnapsglas. Auf dem Tisch liegt auch ihr Handy. Sie fischt unsicher danach und ist froh, dass sie für Nici eine Kurzwahlnummer hat. Nur eine Taste drücken, dann kommt Hilfe.

„Marion? Was ist los? Wie hörst du dich denn an?“, fragt Nicole erschrocken, als die schwer Betrunkene nur bruchstückhafte Sätze von sich gibt. „Nici... Komm her... Bitte! ...kann nimmer... Alles kan‘ Sinn...“. „Um Gottes Willen! Ich komm‘ schon! Bin auf dem Weg!“ Nicole setzt sich ins Auto und eilt in Richtung Felix-Mottl-Straße.

Bilder tauchen vor Marions Augen auf und verschwinden wieder. Das Boot, auf den Donauwellen schaukelnd. Gerhard und die blonde Schöne auf dem Weihnachtsmarkt. Die Champagnerflasche auf der AMORE. Sie wehrt sich gegen diese Gedanken, um nicht noch einmal sehen zu müssen, was sie angestellt hat. Sie nimmt noch einen Schluck, … und noch einen. Der Griff nach dem Glas wird immer wackeliger. Laute Stimmen in ihrem Schädel machen sich bemerkbar: *‚Das hast du nun davon! Jetzt ist es aus. Nichts geht mehr! Du kannst ihn nicht zurückholen.‘* Sie weiß, dass sie vieles hätte anders machen sollen. *‚Auch wenn du die ganze Flasche leerst, wird kein Wunder mehr geschehen! Geh! Solange du noch kannst. … bevor du sternhagelvoll auf dem Boden liegst und sie dich nachher aufsammeln und ausfragen wie eine Verrückte, wie eine Verbrecherin! Das hast du nicht notwendig! Bring es einfach zu Ende!‘*

Es ist nicht weit bis ins Badezimmer, trotzdem schafft sie es, bis dahin eine Spur der Verwüstung zu ziehen. Sie stößt gegen Möbel, Wände und Türen und was im Weg steht, landet kaputt auf dem Fußboden. Als sie im Badezimmerschrank die Ceranschaberklingen findet, krachen Zahnputzzeug und Gesichtscreme auf den Fliesenboden. Das registriert sie kaum noch. Mit letzter Kraft hievt sie sich in die Badewanne und dreht das Wasser auf. Mit dem Ellenbogen stoppt sie noch den Wasserzufluss, dann schneidet sie mit der scharfen Klinge erst ins rechte, dann ins linke Handgelenk. Die Klinge fällt ins warme Wasser. Marion schwinden langsam die Sinne. Schmerzen fühlt sie keine mehr. Der Schmerz ihres Lebens ist viel größer.

Nur wenige Minuten später läutet Nicole an der Tür und ruft: „Marion! Mach auf! Ich bin‘s!“ Die besorgte Schwester reagiert sofort, als keine Antwort kommt. Sie sperrt mit ihrem Zweitschlüssel, den sie für die Blumenbetreuung im Urlaub hat, die Tür auf und sprintet suchend durch die Räume. Dabei stolpert sie fast über die Gegenstände, die überall verstreut sind. Der Anblick im Bad versetzt ihr einen Schock. Ein kurzer Schrei erfüllt den Raum. „Marion! Nein! Was machst du?“, ruft sie, und alarmiert sofort die Rettung.

67.

Bei der Beförderungsfeier ist die Stimmung inzwischen ausgelassen, an Alkohol wird nicht gespart. Die Musik ist jetzt nicht mehr so dezent. Sie nimmt Partylautstärke an. Agathe hat sich vorgenommen, mit allen Gästen wenigstens ein kurzes Gespräch zu führen, was sich als äußerst schwierig erweist. Erstens wird ihre Zunge immer schwerer vom vielen Zuprosten. Und es zieht sie dauernd zu Zoran hin. Sie tanzen ausgiebig, und der Gesprächsstoff geht ihnen keine Sekunde aus.

Gegen zehn haben sich fast alle Gäste verabschiedet, und Zoran bietet an, beim Aufräumen zu helfen. Fritz sagt: „I tät' ja auch noch mitmachen, aber i muss heim zu Evelin. Sonst krieg' i noch Stress. Noch mal herzlichen Glückwunsch, Agathe, danke für die Einladung und ein schönes Wochenende. I hoff, am Montag können wir beide auch als Hauptleute weiter so super zusammenschaffen und Fälle aufklären, wie bisher. Vielleicht überführen wir ja eine von unseren beiden Verdächtigen in der SOKO Amore." „Da bbbbin i ggganz sicher, Fritz und jetzt schschschau, dass 'd heimkummst und grgrgrüß d' Evelin von mir", lallt Agathe und leert ihr Sektglas in einem Zug.

Am nächsten Morgen erwacht sie in einem fremden Bett, ohne zu wissen, wie sie hierhergekommen ist. Zu ihrer größten Überraschung sagt Zoran: „Guten Morgen, meine süße Hauptfrau. Der Kaffee ist fertig."

68.

Alois und Uschi fahren übers Wochenende ins Schlosshotel am Wörthersee. Als sie kurz vor Mittag dort ankommen und auf dem Weg zur Rezeption sind, klingelt Schmalzl's Handy. Eine Kollegin vom Notdienst meldet sich und sagt: „Herr Major, i soll Ihnen ausrichten, dass Frau Baumgartner heute Nacht mit der Rettung ins AKH eingeliefert wurde. Sie hatte wohl einen Selbstmordversuch unternommen und wurde in letzter Minute von ihrer Schwester gefunden." Alois wird blass und fragt: „Und wie geht's ihr jetzt?" „Der Zustand ist kritisch, sagen die Ärzte, aber sie wird wohl durchkommen."

Uschi schaut ihn an und fragt: „Was ist los, geht's dir net gut?" „Die Frau Baumgartner hat versucht sich umzubringen. Das ist furchtbar. Hätten wir sie doch besser in U-Haft behalten, dann wär' des net passiert. I werd' dann wohl nächste Woche im Krankenhaus mit ihr reden müssen. I denk, dass wir das als Schuldeingeständnis ansehen können, oder? Vielleicht ist ihr aber auch nur bewusst geworden, dass sie jetzt mit ihren zwei noch recht kleinen Kindern als Witwe wird weiterleben müssen und dann war sie so verzweifelt mit der Situation." „Aber wenn ich an meine Kinder denk, bring ich mich doch net um. Noch dazu, wenn der Vater auch nimmer lebt", antwortet Uschi. „Stimmt a wieder. Auf alle Fälle is' des tragisch und i hoff', sie kommt durch. Dann wer' ma nächste Woche schon sehen, wie es weiter geht und ob sie gesteht." „Komm Alois, jetzt checken wir mal ein und bringen unsere Sachen ins Hotelzimmer. Dann essen wir was Schönes zu Mittag, trinken a Glasl Wein dazu und vergessen deine Arbeit bis

Montag." „Hast recht Liebste, es is' Wochenende und i schalt jetzt mein Telefon ab."

Am Nachmittag brechen die beiden zu einem Spaziergang auf. Als sie am Parkplatz an ihrem Saab vorbeikommen, hören sie, wie ein fremder Mann zu seiner Frau sagt: „Schau amal, Emma. Hast du so a Nummerntafel scho' amal g'sehn? WUSCHI Eins? Stell dir mal vor Schatz, i hätt a dein' Namen ins Kennzeichen ei'baut, dann hätt' ma jetzt „W-EMMA 2" auf unserm Auto steh'n. Tät dir des g'falln?", und lacht laut. Sie antwortet: „Wieso W-EMMA 2? Hast du no a andere Frau?" „Na, aber du bist ja mei' zweite Frau, die erste hat Irene g'heißen, und i hab damals no' in Salzburg g'wohnt. Da hätt' sie dann S-IRENE 1 g'habt. Aber wenn i's genau bedenk, sie war ja eine", und er prustet schon wieder los.

Alois und Uschi schauen sich betreten an und gehen wortlos an dem anderen Paar vorbei.

69.

Bei der SOKO Amore geht am Montag in der Früh ein Anruf von der Feuerwehr ein. Im dritten Bezirk hat ein Haus gebrannt. Die Feuerwehr vermutet Brandstiftung. Das Team ist bereits versammelt, um den neuesten Stand zu diskutieren und Major Schmalzl nimmt den Anruf entgegen: „Schmalzl, grüß‘ di‘, Goran. Was gibt's denn für uns bei dem abgebrannten Haus zu ermitteln?“ Der Feuerwehrkollege Goran Nikolić erklärt: „Ja weißt, die Hinweise auf Brandstiftung sind schon sehr eindeutig. Vom Erdgeschoß bis zur zweiten Etage gibt es nur wenig Schäden und es konnten auch die übrig gebliebenen Bewohner gerettet werden. Es gibt aber eine zerbrochene Benzinflasche im dritten Stock des Hauses und von dort hat sich das Feuer schnell durch das Treppenhaus bis ins Dachgeschoß hochgefressen. Dort haben wir eine verkohlte Leiche gefunden. Wenn es also Brandstiftung war, ist die nächste Frage: Wollte der Täter die Person im Obergeschoß umbringen oder hat er nicht gewusst, dass da oben noch jemand war. Deshalb müsst ihr euch in die Ermittlungen einschalten.“ „Hm, das klingt tatsächlich danach, Goran. Wir kümmern uns. Seid ihr noch vor Ort.“ „Ja, wir haben noch ein paar Aufräumarbeiten zu erledigen.“ „Alles klar, ich schick jemand vorbei.“

Schmalzl ruft anschließend: „Leute, heut können wir beim Amore Fall eh nix weiter ausrichten, weil die Frau Baumgartner einen Selbstmordversuch unternommen hat und im AKH liegt. Ich denke, die werden wir erst morgen befragen können. Agathe, du fährst zum Tatort von diesem Brand im dritten Bezirk und fragst die Nachbarn und andere potenzielle Zeugen vor Ort. Fritz, fahr du amal zu deiner Alexandra, und find‘ heraus, was sie an der verkohlten Leich‘ entdecken kann. Anschließend leistest du der frisch gebackenen Hauptmännin Gesellschaft am Tatort. Am Nachmittag erwarte ich erste Ergebnisse von euch.“ Fritz Mosic schaut ganz betreten drein und sagt: „Alois, kann die Agathe nicht zur Pathologie fahren? I möchte net scho‘ wieder so an Fehler machen wie beim letzten Mal.“ Schmalzl grinst und sagt: „Über die Konsequenzen aus dem Hoppala bei der Leich vom Baumgartner sprech’ma no‘ amal, wenn der Fall abgeschlossen ist. Aber gut, dann machen wir’s halt umgekehrt. Fritz fährt direkt zum Tatort und Agathe zuerst zur Frau Dr. Winkelmeyer und dann erst zu ihm. Auf geht‘s Leute!“

70.

Schmalzl fährt ins AKH, in die Psychiatrische Abteilung, und bekommt nach einiger Diskussion mit dem Arzt die Erlaubnis, mit Marion zu sprechen. „Aber nicht zu lang. Und bitte, regen Sie die Patientin nicht auf. Sie ist noch sehr schwach, hat sehr viel Blut verloren“, verlangt Dr. Pichler. Alois ist bewusst, dass er behutsam vorgehen muss. Fast bereut er, dass er nicht Agathe geschickt hat. So von Frau zu Frau wäre es vielleicht für die Arme leichter. Aber jetzt ist eben er da, und er wird sein Bestes geben.

In dem Krankenzimmer trifft er auf eine am Boden zerstörte Frau. Die fahle Gesichtsfarbe und die eingefallenen Wangen sind Zeugnis von zermürbenden Stunden und Tagen, von Verzweiflung und Trauer. Er tritt an das Bett heran und grüßt Marion freundlich: „Grüß Gott, Frau Baumgartner. Sie machen ja Sachen. Wir haben uns echt Sorgen um Sie gemacht.“ Mit großen Augen schaut Marion den Polizisten an und antwortet: „Um mich? … Es wäre besser, ich hätte es ordentlich zu Ende gebracht. Jetzt muss ich mit dem leben, was ich gemacht hab‘. … Und meinen Kindern werd‘ ich nie mehr in die Augen schauen können.“ „Wollen Sie mir erzählen, was passiert ist? Wenn Sie noch nicht so weit sind, machen wir das ein anderes Mal“, bietet Schmalzl an. „Nein, ist schon gut. Ich muss es eh loswerden. Sonst…“. Obwohl sie sehr schwach ist und zerbrechlich wirkt, bleibt sie ruhig und beginnt zu erzählen: „Wir sind zusammen aufs Boot gegangen. Es war so entspannt, am Anfang. Der Gerhard war fast so wie früher. Ich hab‘ ihn angeschaut und wieder gewusst, warum ich ihn so liebe.“ Zwischen den Sätzen macht sie kurze Pausen und schließt ab und zu die Augen. „Dann sind wir donauaufwärts gefahren, und irgendwo, kurz vor Klosterneuburg haben wir geankert. Ein schönes, idyllisches Platzerl am rechten Donauufer. Gerhard wollte dann den Schampus aus dem Bordkühlschrank holen und hat gesagt, er muss mir was beichten.“ Marions Blick verfinstert sich. „Dann hat er mir gestanden, dass er mit der Strasser ein Verhältnis gehabt hat… Angeblich eh schon vorbei, er hat letzte Woche Schluss gemacht. Ich sag‘ Ihnen, mein Herz hat angefangen zu rasen, ich muss knallrot geworden sein. Ich hab‘ ihn angeschrien: ‚Du gemeiner Kerl! Ich hab’s gewusst!‘ Wie er gesagt hat: ‚Geh, Marion, sei mir doch net so bös‘, des kommt alles wieder ins Lot‘, hab‘ ich zurückgeschrien: ‚Vergiss net, ich bin die Marion, aber nicht deine Marionett’n, mit der du machen kannst, was du willst!‘ Dann hab‘ ich nicht aufgepasst, dass er so blöd am Rand steht und hab ihm an Schubser gegeben.“ Jetzt laufen ihr Tränen über die Wangen. Der Arzt schaut bei der Tür herein und möchte den Besucher wegschicken. Aber Schmalzl sagt: „Bitte, Dr. Pichler, noch ein paar Minuten. Alles in Ordnung. I geh‘ glei‘.“ Der Doktor schließt resignierend hinter sich die Tür. Schmalzl fragt vorsichtig: „Dann ist er ins Wasser gefallen. Warum haben Sie nicht wenigstens den Rettungsring nachgeworfen, Sie wissen doch, dass er net schwimmen kann?“ „Das war ein echter Kurzschluss. Ich hab‘ nur mehr die Worte im Kopf gehabt, er hat wirklich was mit der Depperten gehabt, da hab ich durchgedreht. Im Wasser hat er nur einmal um Hilfe gerufen, dann ist er nicht mehr aufgetaucht. … Ich hab‘ den Knopf zum Ankereinholen gedrückt und bin losgefahren. Stromabwärts. Einige Zeit später bin ich erst wieder zu mir gekommen, aber da war es zu spät. Ich bin kurz vor

Nussdorf zum Ufer gefahren, hab‘ den Kahn irgendwie angebunden und bin dann mit dem D-Wagen vom Nussdorfer Platz heimgefahren.“ „Da waren Sie gegen halb eins zu Hause und sind danach mit Ihrem Golf einkaufen gefahren, stimmts?“, hakt Schmalzl nach. „Ja, so war’s. Ich hab‘ noch gehofft, dass er sich vielleicht doch hat retten können. Und dass er dann sauer war, mir eins auswischen wollte und deshalb nicht heimkam. Aber, na ja… Und später war ich dann im Garten, im Pool. Die Geschichte kennen’s eh.“ „Ja, Frau Baumgartner. Den Rest wissen wir. Aber wieso haben’s denn net früher was g’sagt? Sie haben das doch net absichtlich gemacht!“ „Ich hab‘ Angst gehabt, dass ich die Lebensversicherung vom Gerhard nicht krieg‘. Des kann i jetzt vergessen, und ins Gefängnis komm‘ i a no‘, oder?“ Schmalzl will die Angeschlagene erst einmal beruhigen und meint: „Das muss dann das Gericht entscheiden. Es geht ja offensichtlich nicht um Mord, sondern erst einmal um eine Handlung im Affekt.“ „Das Schlimmste ist, was das für die Kinder heißt. Wie sag‘ ich das Emilia und Marcel?“ „Auch das wird sich finden“, beruhigt Alois, „Da werden Ihnen Ihre Eltern und Ihre Schwester bestimmt helfen. Und es gibt dafür psychologische Begleitung.“ Jetzt merkt Schmalzl, dass es genug ist. Er verabschiedet sich, und Dr. Pichler schaut ihn noch einmal böse an: „Das war aber schon sehr lang für die arme, gebeutelte Frau!“

Mit der Lösung des Falls in der Tasche, aber nicht ganz zufrieden, geht Alois direkt ins Büro des Staatsanwalts. „Na, Schmalzl“, sagt dieser, „hat die Baumgartner gestanden?“ Schmalzl nickt und Kantenhuber fährt strahlend fort: „Gut gemacht, Herr Major!“ Schmalzl wirft ein: „Wenn wir das Protokoll mit ihr schreiben, müssen wir auf jedes Wort achten. Denn meines Erachtens ist es definitiv kein Mord, schlimmstenfalls Totschlag, bei einem guten Anwalt fahrlässige Körperverletzung mit Todesfolge.“ Der Staatsanwalt ist jedenfalls sehr erleichtert über den Erfolg und sagt abschließend: „Das wird dann vor Gericht entschieden. Hauptsache, wir haben den Fall gelöst. Darauf geb‘ ich einen aus.“

EPILOG

Alois Schmalzl macht sich Gedanken über das Kennzeichen an dem Saab seiner Frau. Irgendwie findet er seine Idee inzwischen ziemlich dumm. Er überlegt, was er machen kann, und ruft die Kollegen bei der Zulassungsstelle an.

Als er abends nach Hause kommt, nimmt er seine Frau in den Arm und sagt zu ihr: „Liebste Uschi, i hab an großen Fehler g'macht. I hoff, du kannst mir verzeihen. I hab versucht, es wieder gut zu machen." „Was is' denn so Schlimmes?" „Komm ich zeig's dir."

Sie gehen zusammen nach unten zu Uschis Cabrio. Schmalzl zeigt auf das Kennzeichen. „Schau, Uschi, i hab das ändern lassen, dann hören die dummen Bemerkungen der Leut' darüber auf."

Seine Frau schaut auf die Nummerntafel und schlägt die Hände vors Gesicht: „Alois, i hab' mi' schon so an die USCHI g'wöhnt und meine Freundinnen fanden das eine sehr nette Idee von dir. Und jetzt hab i diese blöde Allerweltsnummer. Das hättest du dir echt sparen können, Herr Major."

Auch beim Schreiben dieses Buches hatten wir wieder viel Spaß. Unser allerherzlichster Dank gilt Christine Fritz. Ohne sie wäre das Buch nicht so authentisch und präzise, wie es geworden ist. Wir bedanken uns auch sehr herzlich bei unserer Lektorin Ilona Wenger, die dem Roman den letzten Schliff gegeben hat.

Wenn Sie mehr über uns und unsere Bücher erfahren wollen, so besuchen Sie doch unsere Homepage:

https://joveviller.com

Ihr Feedback zu unseren Büchern oder sonstige Nachrichten senden Sie bitte an die E-Mail:

jove.viller@gmx.net

Auch über Rezensionen – dort, wo Sie das Buch gekauft haben – freuen wir uns sehr.

Bevor Sie das Buch zur Seite legen, werfen Sie bitte einen kurzen Blick in unsere anderen Bücher auf den folgenden Seiten. Vielleicht interessieren Sie sich für eines davon.

Jove Viller, im Juni 2025

hop off – hop on ist ein Krimi, der in Wien spielt und in zwei Zeitebenen erzählt wird. Eines sonntags im Juli 2019 wird Josefine Mirbach in ihrem Zimmer im Hotel Bristol tot aufgefunden. Viktor, ein Touristen-Busfahrer, der am Tag zuvor mit ihr intim war, hat Angst, dass die Polizei und vor allem seine Frau ihm auf die Schliche kommen könnten. Es gibt aber noch weitere Verdächtige und Major Schmalzl und seine SOKO Josi stehen zunächst vor einem Rätsel.

wörter-liebe/wörter-diebe ist die Liebesgeschichte von Leni und Max, die sich beim Wordox Spielen übers Internet kennen- und lieben lernen. Ihre Treffen an vielen Orten führen zu einem emotionalen Auf und Ab der beiden. Kann das gut gehen?

Eine Liebesgeschichte von vier jungen Leuten, die sich auf unterschiedlichen Wegen kennen- und lieben lernen. Nach einer Geburtstagsparty einer Freundin werden ihre Beziehungen auf eine harte Probe gestellt. Wird die Quadriga bestehen bleiben?

Die Kurzgeschichten im König Frosch handeln von vielen verschiedenen Menschen, vom Teenager bis zum Senior, die in diversen Situationen miteinander in Kontakt kommen. Manchmal knistert es und es entwickelt sich etwas daraus, dann auch wieder nicht. Auf diese Weise erlebt der Leser ein Kaleidoskop über das für uns alle unergründlich bleibende Wunder, wie, wo und wann Menschen zueinander finden.

In diesem Buch haben die beiden Autoren Eva Vieh und Hajo Müller alias Jove Viller ihre Safari in Ostafrika im Sommer 2023 in Worten und beeindruckenden Bildern
dokumentiert. Es handelt sich nicht um einen chronologischen Bericht, sondern um die Erlebnisse und
Begegnungen auf ihrer Reise. die sie mit großartigen Fotos zeigen und auch dazu interessante Stories erzählen.
Beides vermittelt dem Leser einen Eindruck davon, was
einem auf einer Safari in Afrika alles begegnen kann.

Die Autoren

JOVE VILLER
(alias Eva Vieh & HAJO Müller)

2019 beschlossen Eva Vieh und HAJO Müller, die sich über das Spielen im Internet kennen- und lieben gelernt haben, ihre Liebesgeschichte in Form eines autobiografischen Romans zu veröffentlichen. Aufgrund der Nähe zu realen Personen und Ereignissen traten sie zunächst nicht als Autoren in Erschcinung, sondern schufen die Kunstfigur JOVE VILLER. Unter diesem Namen wurde der Roman ‚wörterliebe-wörterdiebe' im Dezember 2020 veröffentlicht. Beflügelt durch dessen großen Erfolg entdeckten die beiden ihre Leidenschaft für das Schreiben. So entstand der Roman ‚Quadriga-Liebe', dessen Handlung komplett fiktiv ist. Die Kurzgeschichten unter dem Titel ‚König Frosch' sind ein faszinierendes Kaleidoskop, von dem unergründlichen Wunder, wie Menschen aufeinandertreffen und zueinanderfinden. Im ersten Krimi aus Wien haben sie die SOKO Josi den Mord an einer Schweizerin aufklären lassen. Das vorliegende Buch ist der zweite Krimi der beiden. Die Handlung spielt ebenfalls in Wien und auch hier geht es vorwiegend um Beziehungen.

Das Besondere: Das österreichisch-deutsche Autoren-Duo unter dem Pseudonym JOVE VILLER bleibt seinem Ansatz treu und entwickelt seine Geschichten gemeinsam, schreibt aber abwechselnd. Damit werden den Lesern unterschiedliche Perspektiven auf die verschiedenen Ereignisse offeriert und die Emotionen der Protagonisten werden jeweils aus weiblicher und männlicher Sicht transportiert.